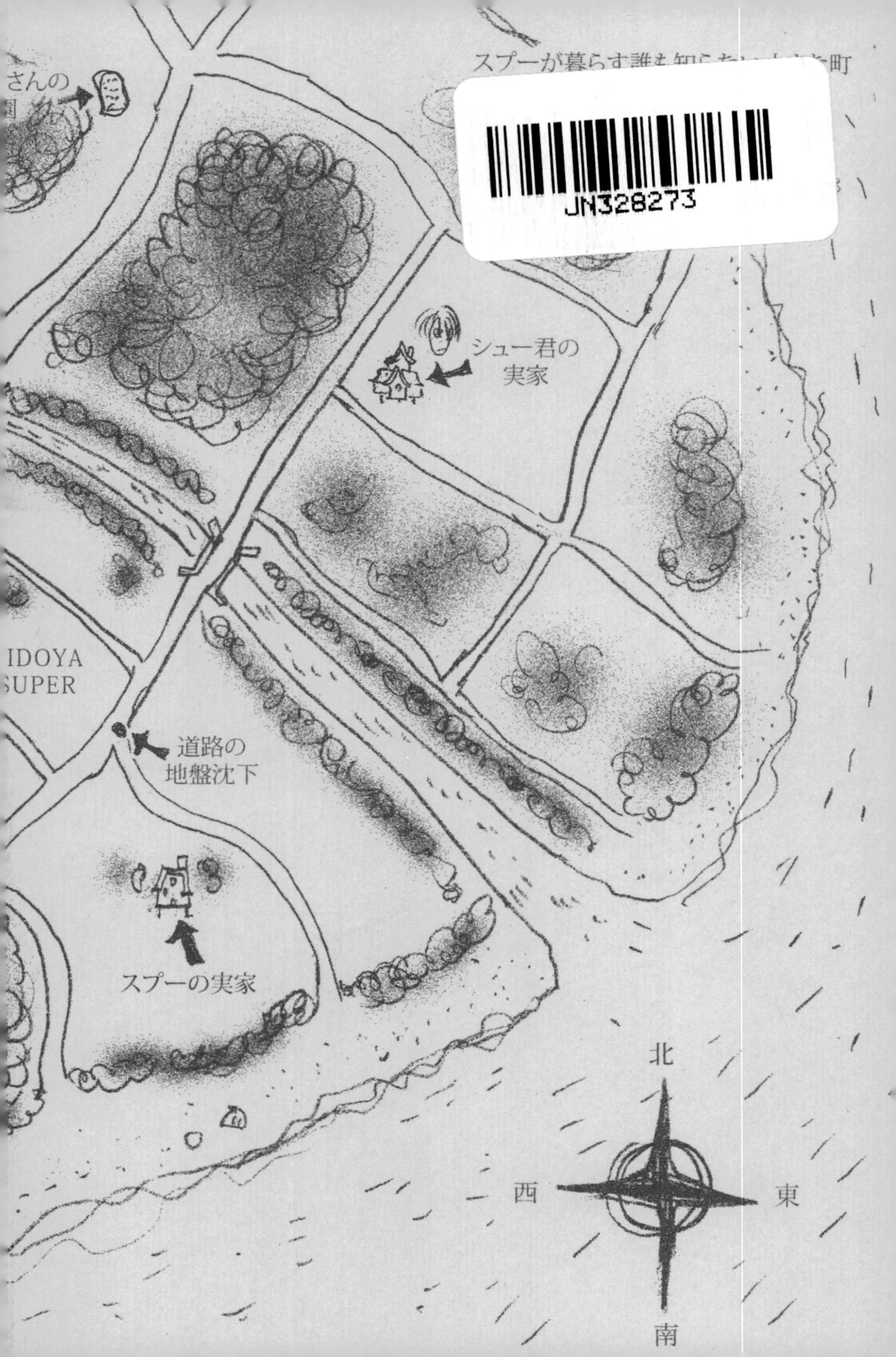

スプーが暮らす誰も知ら
さんの
園
シュー君の
実家
IDOYA
SUPER
道路の
地盤沈下
スプーの実家
北
西
東
南

スプーの日記
2
暗闇のモンスター

★

なかひらまい
作・絵
STUDIO M.O.G.監修

Spoo's Diary 2

プロローグ

あるところに、誰も知らない小さな国の小さな町があった。その町の人たちはキャベツが大好きだった。ところがある日、突然、キャベツがとれなくなってしまった。それは国じゅうで起こり、やがてキャベツは全滅してしまった。大勢の学者がその原因を調べたが、何もわからなかった。

この誰も知らない小さな町に、スプーという子が住んでいた。スプーはこの町に１つしかないスーパーマーケット「KIDOYA SUPER」で働きながら、魔術の修行をしていた。

スプーのおかあさんは迷信めいたことが大嫌いだったので、普段は、実家から離れた場所に小さな家を借りて修行を積んだ。スプーは、１人で森歩きをしたり、精霊に出会ったり、本を読んで過ごした。

どうしてスプーが魔術の修行に打ち込んだかというと、ある目的があったから。それは、体外離脱をして死んだおばあちゃんに会いに行くことだった。おばあちゃんはスプーの、唯一の理解者だった。

一生懸命に修行をした結果、スプーは体外離脱に成功。死者の森にある、おばあちゃんの家に行くことができた。そして、死んだおばあちゃんといろんな話をして楽しい毎日を過ごした。ところが、何度かおばあちゃんの家を訪れるうちに、スプーは奇妙な感覚を覚えるようになる。やがてスプーは、とんでもない事件に巻き込まれていくのだった……。

と、ここまでが１冊目の日記のあらすじです。

みなさんが手に取っている『スプーの日記２～暗闇のモンスター～』は、スプーが書いた２冊目の日記。この日記には、前の日記の最後でおばあちゃんと交わした約束を果たそうとするお話が書いてあります。ところがそのせいで、誰も知らない小さな国の小さな町には大騒ぎが起こります。

スプーはこの日記も、１日で書ききれなかったことを何日かに分けて書いています。それでは、みなさん、スプーの摩訶不思議な日記のページを開いてください。

スプーの日記 2

暗闇のモンスター

December

12月　幽霊事件

12月8日

冬がきた

わたしが住んでいる小さな町にも冬がやってきた。

バイト先のKIDOYA SUPERでもクリスマスの準備がはじまっている。お店の入り口では、電動でダンスをする等身大のサンタクロース人形が踊っている。店長のジェニー木戸さんご自慢のサンタクロースだ。

夏から秋にかけて、ずっと「森歩きの修行」をしていた。おばあちゃんとの約束を果たすために必要な修行だった。「森歩きの修行」について簡単に書くことはできない。くわしいことは、おいおい書いていこうと思う。

明日はおばあちゃんのお墓詣りに行くつもりだ。

12月9日

お墓詣り

おばあちゃんのお墓は、隣り町に行く途中の、丘の上にある。

少し前までは、月に一度くらい、おばあちゃんが好きだったカモミールやミントの束をお供えしに行っていた。ところが最近は、バイトのほかにもやることが増えて、すっかりごぶさたになってしまった。今日は、久しぶりのお墓詣りだ。

バス停で降りたのは、わたし１人だった。

バス停の横の石段を登ると墓場がある。おばあちゃんのお墓には枯れ葉が散っていたので、サッと掃除をしてハーブの束を飾った。

「おばあちゃんとの約束を果たすために、しばらく森で修行をしていたよ。もうすぐ取りかかれるから、少し待っていてね。」

わたしは心の中で、おばあちゃんにそう言った。

12月10日

冬の海

バイトの日。バイト先ではジェニー木戸さんが、踊るサンタ人形の裏に、拡大コピーした金運タリズマン（護符）を貼りつけていた。このタリズマンは、以前、わたしが木戸さんに作ってあげたものだ。

「チキンがよく売れますように！」

木戸さんはタリズマンにむかって手を合わせていた。あいかわらずのんきなおじさんだ。

今日は、バイトの帰りに天然の粗塩を買ってから、海に出かけた。海岸で流木を拾うためだ。粗塩と流木は、あることに使う。何に使うかはまだ秘密だ。

冬の海は危ないので、すぐに用をすませて海岸をはなれた。海岸では小さな流木をいくつか見つけた。

冬のうす暗い海を見ると、おばあちゃんがいた「死者の森」を思い出す。

12月11日
チャーム・ストア

今までは、バイトがない暇な時間に魔術の本を読んだり、体外離脱の練習をしたりしていた。体外離脱ができるようになったら、今度は死んだおばあちゃんに会いに、死者の森へ行くようになった。おばあちゃんは、今はもう死者の森にはいないので、体外離脱する機会もめっきり減った。

バイトがない日はタリズマン（護符）のお店をやっている。とはいっても、おみやげもの程度のタリズマンしか売っていないけど。なぜかというと、本物は効き目が強力だからだ。問題を抱えた人に本物を持たせると、タリズマンに激しく依存してしまうことがある。タリズマンさえ持っていれば、何でもうまくいく、そんなふうに思ってしまう。それは、あまりいいことではない。

わたしはこのお店をかってに「チャーム・ストア」と呼んでいる。チャーム・ストアとは、おまじないのお店という意味だ。

チャーム・ストアは、大げさな看板は出していない。見た目は普通の家だ。わたしの噂を聞きつけてやって来るお客さんだけを相手にしている。「魔術のお店」なんて看板を出せば、もっとはやるのかもしれないけど、そんなことをして、おかあさんにバレたら大変だ。

ここ数ヵ月でお客さんは徐々に増えてきた。こういうお店には、お客さんは、口コミでやってくる。

お店を開く前に、玄関ドアの外に左右に１つずつ、ラベンダー入りの粗塩を盛った器を置いておく。塩には浄化作用があるからだ。ドアを開けたところには、細い流木で作った「のれん」をぶら下げてある。この「のれん」は、流木を月明かりにあててから、きれいな麻ひもでくくって作る。

玄関の塩と、流木のれんは、「結界」の役割を果たしている。嫌なことでいっぱいの現実から、ちょっとだけはなれた空間へ導く仕掛けのようなものだ。結界とは「境目」のこと。ドルメン跡や暗闇坂が、この世とあの世の境目だったように、わたしの家にもちょっとした境目を作ってみたのだ。

12月12日

チャーム・ストアのお客さん

昨日の夕暮れ時のこと。カランカランと流木の結界を越えて、お客さんがやって来た。お客さんが流木のれんをくぐると、わたしはラベンダー入りの塩を振りかける。塩は「魔」をはらってくれる。ラベンダーの香りはお客さんをリラックスさせる。

「スプーちゃん、ありがとう。いい香りね。」

昨日のお客さんは、たまにやって来る女の人だった。わたしは、女の人を家の真ん中のテーブルに案内した。

「今日はレモングラスのハーブティーと魔よけのタリズマンの日です。ゆっくりしていってくださいね。」

わたしはそう言うと、ハーブティーとタリズマンを女の人に差し出した。女の人は「わあ、素敵」と言って、タリズマンを手に取った。

彼女はいつも、恋愛がうまくいかないと言って嘆いている。彼女は奥さんと子どもがいる男の人とばかり、つきあってきた。もちろん、彼女がのぞんだわけではない。つきあってしばらくすると、必ずそういうふうに打ち明けられるそうだ。

こういう場所には、そんな人ばかりがやって来る。

12月13日

シュー君

お昼ごろ、シュー君がやって来た。週に何度もやって来る男の子だ。

「スプーさん、こんにちは。」

シュー君はいつもボーッとしていて覇気がない。

昔の本を調べていると、魔術師のところにやって来るのは、権力を得るために躍起になっている貴族と相場は決まっていた。黒魔術で敵を倒そうというわけだ。現代でも、都会の大企業には必ずお抱えの魔術師がいるらしい。

ところが、このチャーム・ストアにやって来るのは、シュー君のように、元気がないのをとおり越して、すっかりやる気をなくしてしまったようなタイプばかりだ。

「ボクは何をやってもダメなんです。天に見離されました。」

シュー君は、いつもそう言ってしょんぼりしている。

シューとは、エジプト神話に登場する風の神様の名前だ。すばらしい名前を持っているというのに、彼の気分は、いつも最悪だ。シュー君は、ハーブティーとタリズマンで何とか持ちこたえているという。

だけど、わたしが作っているタリズマンは、あくまでも気持ちが上に向くように手助けをするためのものだ。そこから先は、自分で考えて何とかしていかないと、あとでまずいことになる。

12月14日

巾着袋

おばあちゃんとの約束について、もう一度おさらいしておく。

わたしは、死者の森でおばあちゃんから巾着袋（きんちゃくぶくろ）をあずかった。この巾着袋の中身をどこかの畑に埋めなければいけない。それがおばあちゃんとの約束だ。袋の中身はけっして見てはいけないと言われた。だけど、だいたいの見当はついている。たぶん、絶滅してしまったキャベツの種だろう。わたしは、冬の間に、この約束を果たしたいと思っている。

だけど、おいそれと実行にうつすわけにはいかない。

この巾着袋の中身が本当にキャベツの種だったら、芽が出てきたときに大騒ぎになるからだ。どこの畑に埋めればいいのか、慎重に検討する必要がある。

12月15日

黒い虫

チャーム・ストアの日。午前中に、玄関の外にラベンダー塩を盛っておいた。

夕方ごろ、シュー君がやって来た。いつものように元気がないので、カモミールと緑茶を混ぜたハーブティーを出してみた。

シュー君は、一度は都会に出たものの、うまくいかなくてこの町に戻って来た。都会で生きていこうと思ったら、きびしい競争を勝ち抜かなければならない。何のつてもなく都会に行って働くのは、思った以上にむずかしいのだ。シュー君は都会で挫折してしまった。それをきっかけに何もかもうまくいかなくなってしまった。

今日、シュー君の頭の上を見たら、黒いイモ虫のようなものが取り憑いていた。

12月16日
森歩きの修行

今日は早起きして、森を散歩した。

あたたかい時期には、よく「森歩きの修行」をしていたのだけれど、こう寒くては、朝の散歩が精一杯だ。温かいハーブティーを飲んでもすぐに身体が冷えてしまう。

「森歩きの修行」とは、昔から魔術師がやっている修行のことだ。森には、魔術師たちが修行のために歩く道がある。魔術師たちは、この道を歩き回るうちに、自然の神々を見ることができるようになった。今でもこの不思議な道は存在している。現代の魔術師や占い師たちも、どこかの森で誰にも知られることなく、修行をしているらしい。

この日記を読んでいる人にも、この道がどこにあるか教えることはできない。少しでも魔術の勉強をかじっている人には、見当がつくと思う。たとえば、わたしが見つけた道では、カメラのシャッターがおりない。どういうわけか写真が撮れないのだ。そんな不気味な場所を他人に教える気には、とうていなれない。

夏から秋にかけて、昼間の安全な時間によく森に出かけた。ごくたまに、体外離脱をしたときのように、たくさんの精霊たちを見ることができた。ニラブーが群れをなして飛んでいることもあった。半透明の犬のような生き物が、木々の間をヒューと飛んでいるのを見たこともあった。

修行をしていくうちに、精霊だけでなく、だんだん得体の知れないものまで見えるようになってきた。シュー君の頭の上に取り憑いた黒い虫が見えるようになったのも、「森歩きの修行」のせいかもしれない。

12月17日
クルミさん

シュー君が昼間からやって来た。シュー君はハーブティーを飲みながらボンヤリしていた。わたしは隣りで本を読んでいた。

夕方になると、カランカランと流木のれんをくぐって、クルミさんがやって来た。ラベンダー入りの塩をかけてあげると、クルミさんはいつものようにキャッと言ってよろこんだ。クルミさんは、おまじないはもちろん、タリズマンや魔術の道具が大好きなのだ。

「スプーちゃん、わたし、ここでクリスマスのホームパーティをやりたいんだけど、どうかな？　ツリーにタリズマンをたくさん飾ったら楽しいと思うんだけど。クリスタルも素敵ね。」

「クリスマス・パーティか。いいかもね。」

クルミさんとは子どものころからの知り合いだ。小さいころは、彼女のことを「クルミおねえさん」と呼んでいた。

クルミさんは、ちょっと変わった子どもだった。クルミさんには、冬になるとやって来て、あたたかくなるといなくなる友だちがいた。名前はマリーちゃんといった。だけど、マリーちゃんは人間でもペットでもなかった。マリーちゃんは雪だるまだった。クルミさんから雪だるまの友だちを紹介されたとき、わたしは、どうしていいのかわからなかった。

だけど、わたしは、クルミさんをきらいにはなれなかった。わたしがチャーム・ストアをオープンしたとき、クルミさんは一番最初にかけつけてくれた。

12月18日

邪気

お休みの日。家の中に誰もいないと少しホッとする。

最近、部屋に邪気のようなものが溜まるようになった。たぶん、お客さんがたくさんやって来るようになったのが原因だと思う。お客さんは、ストレスを抱えた人ばかりだ。きっと彼らが邪気を運んでくるのだろう。玄関に流木のれんを下げても、邪気払いに効くというクリスタルを置いても、塩を撒いても、邪気が溜まってしまう。邪気は、人々の「念」のようなものかもしれない。邪気は感じるだけでなく、次第にうす黒いモヤモヤとなって見えるようになってきた。

これが見えるようになったのは、実は、つい最近のことだ。モヤモヤは、体外離脱をして魂だけの状態になっていれば、すぐに感づくと思う。しかし、普段の状態では、なかなか見えにくい。どうしても心が、目に見える物質に捕らわれてしまうからだ。

モヤモヤが溜まると、空気がよどむ。塩やクリスタルのほかに浄化の方法がないか、調べてみようと思う。

きっと、こういう問題を解決するのも、魔術の修行の一部なのだろう。

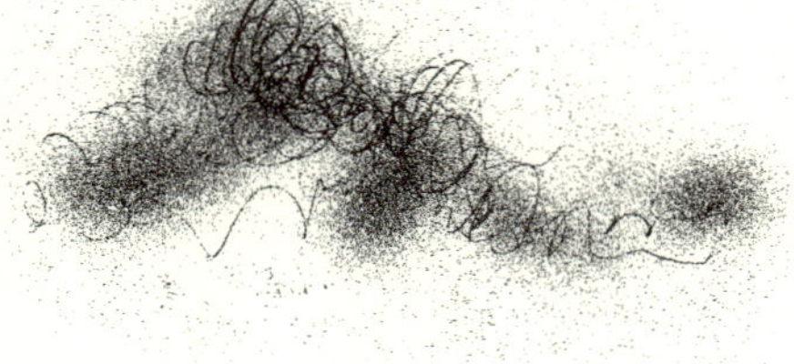

12月19日
クリスマス・ツリー

クルミさんが小さなクリスマス・ツリーを持ってやって来た。

「隣り町で買ったの。日にちがせまっているから、とても安かったのよ。」

本物のモミの木でできたツリーからは、ふわっと木のいい匂いがした。

「今年のクリスマス・パーティは、絶対にスプーちゃんのお家でやりたいわ。だって、インテリアがかわいいんだもの。」

クルミさんはタリズマンやハーブや流木を手に取って、楽しそうに笑った。

わたしはモヤモヤを払おうと思って置いているだけなのに、クルミさんには、かわいいインテリアに見えるようだ。

わたしの住む町では、クリスマス・ツリーは、当たり前のように本物の木を使う。ビニール製のツリーは誰も使わない。この町では、太古からある素朴な樹木崇拝が、クリスマスと合体してしまったようだ。この町の人たちには、迷信深いところがある。

ヨーロッパでは昔、緑の低木を切り倒して家に運び、花や枝を飾りつけて豊作を祝う祭りがあった。木には成長を司る神秘の力があると考えられていた。木を家に持ち帰ることで、神秘の力をいただこうとしたのだ。こういう原始的な信仰こそ、魔術のはじまりなのだ。

12月20日

不思議なお客さん

クリスマスが近いせいか、お守りのタリズマンを求めて、若い女の子がやって来た。

わたしはクリスマス・パーティのために、ツリー用のタリズマンを作っていた。見た目が変わったお札(ふだ)に見えないように、デザインをかわいらしく工夫した。何枚かは羊皮紙で本格的なものを作った。本物の木に本格的なタリズマンをつければ、モヤモヤを払うのに効くのではないかと考えた。

ところが、いくらタリズマンをツリーにぶら下げても、今いち効果があらわれなかった。

「こんにちは。」

そう言って、お客さんが入って来た。はじめて見るお客さんだった。最初に女の人が、その後から立派な身なりの男の人が入って来た。

「このお店のことは会社の同僚から聞きました。タリズマ

ンという不思議なもので病気を治してもらえるそうですね。実は、わたし、体調がかんばしくなく、苦しんでいるんです。何とかタリズマンで治してもらえないでしょうか。」

たしかに男の人の顔色は悪かった。外は寒いのに、額には汗をかいていた。

わたしはハーブティーが入ったカップを２つ、テーブルに置いた。

「まあ、落ち着いてください。とりあえずお茶を召し上がってください。」

男の人は椅子に腰かけると、ハーブティーをゆっくりと飲みはじめた。ところが女の人は、立ったままだ。

「どうぞ、お座りください。」

わたしは、女の人にそう言った。すると男の人が怪訝そうな顔でわたしを見つめた。部屋の空気がざわついた。

わたしは、テーブルの上に置いてあるもうひとつのティーカップをあわてて口に運んだ。

その女の人は幽霊だったのだ。

12月21日

不思議なお客さん　その2

男の人は、わたしの不自然な態度を不思議そうに眺めていたが、突然、泣きそうな顔をした。顔色も見る見る変わっていった。

「ここに彼女がいるんですね？」

彼はあたりを見まわした。わたしは、ごまかしてもしょうがないので、だまってうなずいた。すると男の人は、がっくりとうなだれた。

「でも、その女の人と、あなたの健康状態とは関係ないと思います。体調不良についてはちゃんと病院で診てもらってください。」

わたしはそう言った。幽霊は、この男の人に悪さをしている様子はなかった。

「これを身体にかけると少しは落ち着くと思います。だけど病院へは必ず行ってください。おまじないで病気は治りませんから。」

わたしはそう言うと、塩とセージを混ぜたものを麻の袋に入れて渡した。男の人は「ありがとう。おつりはいりません」と言って、おさつを一枚くれた。そのとき、幽霊がわたしの方を見てうっすらと笑ったように見えた。

シュー君の黒い虫、モヤモヤ、幽霊。最近は、おかしなことばかり起こる。

12月22日
パーティの準備

「スプーちゃんのお家が、知らない間にこんなに素敵になっていたとはね。会社のつきあいパーティなんて、もううんざり。わたしは、ここでクリスマスを満喫したいわ。ねえ、スプーちゃん、お料理はどんなものにする？」

クルミさんは、はしゃぎながら、そう言った。

わたしは、幽霊事件の後、窓辺に飾る流木をさらに増やした。クルミさんはそれを見ると、歓声をあげた。クルミさんは、流木や、部屋に置いてある魔術の本を、不思議な飾り物程度に思っていた。わたしがこの本を真剣に読んでいるとは、思いもよらない様子だった。

「スプーちゃんのおばあちゃんは、すごくお料理が上手だったよね。おばあちゃんのハーブティーは、魔法がかかったみたいに、おいしかったわ。」

クルミさんは、そう言うと、楽しそうに笑った。パーティの料理は、おばあちゃんのレシピから選ぶことにした。

クルミさんは、会社に入ってからしばらくは、おまじないで遊んだりすることを、忘れていたのだという。わたしのタリズマンを見て、なつかしく思ったそうだ。

今日は、夜遅くまで、クルミさんとおしゃべりをして過ごした。

12月23日

夢の魚

　今朝は一段と寒い。ベッドから出る気がしなくて、布団の中でボンヤリしていた。すると、さっき見た夢を思い出した。魚が追って来る夢だ。わたしは、雨の中、煉瓦(れんが)造りの街の中を逃げている。後ろから、魚がぴちゃぴちゃと、追いかけてくる。

12月24日
闇夜のパーティ

夕方ごろになると、シュー君とクルミさんがクリスマス・パーティにやって来た。クルミさんは丸いきれいな玉を持ってきて、ツリーに飾りつけた。シュー君は、気を利かせてパンを買ってきてくれた。よく知っている友だちとならホームパーティも悪くない。おいしいチキン料理を食べながら、楽しい時間が流れていった。シュー君に取り憑いた黒い虫も、ほんの少し小さくなっていた。

パーティが一段落したころだった。ふとクリスマス・ツリーを見上げると、そこには、先日やって来た幽霊の女の人がいた。わたしはとても驚いた。しかし楽しそうにしている２人に、お化けがいるなんて言うわけにはいかない。わたしは、しばらくそのまま放っておくことにした。ところが幽霊は、いつまでもそこにいた。

わたしはツリーの飾りを整えるふりをして、小声で幽霊に話しかけた。

「あの、どうしたんですか？」

幽霊は何かをしゃべっているようだけど、よく聞き取れなかった。

そのとき、コンコンと玄関をノックする音がした。玄関まで行きドアを開けると、先日、幽霊といっしょにやって来た男の人がいた。男の人は、青白い顔をして立っていた。

「ああ、あなたでしたか。実は今、あの女の人が来ているんですよ。とにかく、中に入ってください。」

男の人は、何も言わずに麻の袋を差し出した。あの日、帰り際に渡した麻袋だった。袋の中をのぞいてみると、セージを混ぜた塩が真っ黒に変色していた。

「とにかく中に入ってください。外は寒いですから。」

わたしはそう言い残すと、麻袋を持って、急いで屋根裏部屋に駆け上がった。

袋を開けると、得体の知れないモヤモヤがたくさんわいていた。わたしは大急ぎで、真っ白い塩が入った大きな袋を、クローゼットから引きずり出した。その中に、黒い塩の入った麻袋を埋めるようにして入れた。そして、袋の口をしっかりと縄で結んだ。

つづいて、本の山から魔術書を引っ張り出した。駆け出しの魔術師はこれだから困る。いざというときに、使いたい呪文が出てこないのだ。

ようやく悪鬼退散の呪文を探し当てると、下に響かないように気をつけながら唱えた。縄をほどいて袋の中をのぞいてみる勇気はなかった。万が一、呪文が効いていなかったら、袋の口を開けた途端、モヤモヤが飛び出してくるからだ。気味が悪いけれど、しばらくの間、このまま放っておくことにした。

ふと見ると、せまい屋根裏部屋に、あの幽霊が立っていた。彼女は、こちらの方をじっと見ていた。しかしわたしは、不思議とこの幽霊を怖いとは思わなかった。

「あの人に病院に行くように言ってくださり、本当にありがとうございます。わたしの声は、どうしてもあの人には届かなかったのです。あの人は病院に行って、無事に治療を受けることができました。ありがとう。」

彼女はそう言うと、だんだん半透明になっていった。

「あの、あなたはこの黒い塩の正体を、知っていますか？」

わたしは、あわてて彼女にたずねた。しかし彼女の姿は、あっという間に見えなくなってしまった。わたしは、今度は急いで１階に下りた。すると玄関にいた男の人も、いなくなっていた。

12月25日

見えていない

　今日もシュー君とクルミさんが遊びに来た。

　クルミさんは散らかしっぱなしのキッチンを見て、こう言った。

「昨日は、遅くまでお邪魔していたから、こんなことだろうと思ったのよ。さあ、シュー君も手伝って。」

　昨日の晩、キッチンを片づけられなかったのは黒い塩のせいだ。黒い塩を封印した袋を前に、どうしたものか、あれやこれやと考えていたのだ。黒い塩の正体を知っているかもしれない幽霊も、男の人も、どこかへいなくなってしまった。

「あの男の人は、ちゃんと帰れたのかな。」

　わたしがそう言うと、クルミさんは不思議そうな顔をして振り向いた。

「男の人？　どの男の人？」

「パーティの途中で玄関にやって来た男の人だよ。」

　わたしはクルミさんに言った。

「玄関には男の人がいたんだ？」

　どうやらあの男の人は、チャーム・ストアの中には入らずに、そのまま帰ったようだ。

「そういえば、昨日のスプーさんはちょっと変でしたよ。」

　シュー君がぼそぼそとしゃべりはじめた。

「何の物音もしなかったのに玄関を開けたかと思ったら、そのまま２階に駆け上がって。」

「そうそう、玄関が開けっ放しになってたから、寒いの何のって。シュー君が急いで閉めに行ったんだよね。」

「ボクが玄関を閉めたときは、誰もいませんでしたよ。外を見まわしても人影もなかったし。」
　わたしはますます混乱した。クルミさんやシュー君には、あの男の人が見えていなかったというのだろうか。そういえば、幽霊は男の人が病院に行ったと言っていた。それにしては男の人の顔色はすぐれなかった。わたしは幻を見たのだろうか。いや、そんなわけはない。もしも幻であるならば、あの黒い塩の説明がつかない。黒い塩は、今でも２階の屋根裏部屋の一角にうずくまっている。

12月26日

呪いなのか？

今日はバイトの日。年末の準備のため、店は買い物客でにぎわっていた。店長のジェニー木戸さんはご機嫌だった。

あの黒い塩は、まだ2階の屋根裏部屋に置いたままだ。しっかり口を閉じた袋の上に、魔よけのタリズマンをたくさん貼りつけてある。

あの夜にやって来た男の人は、どうやら生き霊のようだ。生き霊は、生きている人間の想念が霊のようになって、身体を離れて飛んで行くのだ。もしかしたら、あの生き霊は、わたしに何らかの警告をしたかったのかもしれない。それとも、あの男の人は誰かに呪われているのだろうか。人の多い都会には、有象無象の想念が渦巻いているからだ。塩があんなふうに黒くなったのは、呪いの想念が塩に乗り憑ったからなのか。

12月27日

身体がもたない

困ったことに、黒いモヤモヤが、部屋のあちこちに散らばっている。２階の黒い塩のせいだろう。すると呪文は、効かなかったのか。

黒い塩のせいで、とても屋根裏部屋のベッドで眠る気にはなれない。しかたがないので布団を１階に持ってきて寝ている。早いうちに何とかしないと、身体がもたない。

昨夜はおかしな夢を見た。寝ているそばで、何やらギシギシと足音が聞こえる。するとここはもう自分の部屋ではなくなっていた。古い木の床が見える。足音の主は、豪華な皮のコートを着たおじいさんだった。わたしは、そのおじいさんについて行くのだが、目的地に着く前に目が覚めた。夢なのか現実なのか判別できないほど、リアルな夢だった。

12月28日

昨日の夢

昨日の不思議な夢のことをぼんやりと考えた。

まるで魔法円を使って、異次元へつながったときのような不思議な感覚の夢だった。最近、おかしなことばかり起こるので、誰かが異次元から助けに来たのかもしれない。魔術の修行をしていると、この世のものとはちがう不思議なものが、コンタクトをとりにやって来ることがあるという。

黒い塩については、このままではどうしようもないので、明日、川に流すことにした。わたしの手には負えないので、自然の力で浄化することにしたのだ。

12月29日

近くの川へ

朝早く、黒い塩が入った袋を近くの川まで引きずっていった。

かたく閉じた袋の口を開けて、塩を川に流した。すると、どす黒い塩がどろりと落ちた。塩は液体状になっていた。呪文は、まったく効いていなかった。黒い塩は浄化されるどころか、どす黒い液体のまま、海の方へと流れていった。

12月30日

何も話せない

今日は実家に帰った。

どこの国でも、1年の終わりとはじまりにはご馳走を食べる習慣がある。わたしの住む小さな国でも、それは同じだ。

しかし、実家に帰ったところで、おかあさんやおとうさんに話すことは何もない。チャーム・ストアをやっているとか、幽霊が出たとか、そんな話をするわけにはいかない。

しかも、おかあさんはクルミさんのことを嫌っている。「あんな変な子とはつき合わないで、もっと算数を勉強しなさい」と、子どものころよく言われた。雪だるまの友だちの存在を信じているクルミさんのような子どもは、おかあさんにとっては「変人」以外の何者でもなかった。

わたしは憂鬱な足取りで実家へ向かった。部屋に入ると、テーブルには年末に食べるおきまりのケーキが置いてあった。おばあちゃんが生きていたころは、毎年手作りのケーキを食べていた。しかしおかあさんは、隣り町の有名なケーキ屋で、箱入りのケーキを買ってきた。

実家で過ごす時間はひどく退屈だ。意味もなく窓の外をながめて過ごした。

12月31日
今年も終わり

今日はKIDOYA SUPERもほかのお店もお休み。ただでさえ田舎だというのに、こう静かだと時間が止まっているようだ。

12月は、いつもとはちがって、いろいろなことが起こった。とくに黒い塩の件は、不気味でならない。浄化されないで流れていった黒い液体は、どうなったのだろうか。

身辺がざわざわしている感じがする。おかげで、おばあちゃんとの約束を果たすことができなかった。1月の満月の日に、約束を実行するつもりだ。

January

1月　モヤモヤのかけら

1月1日
郵便ポスト

新年をお祝いするご馳走にも、飽きてしまった。広場では伝統のお祭りをやっているけれど、今年はなぜか見に行く気にはなれなかった。

わたしは早い時間に実家を出て、自分の家に戻った。ハーブティーをいれて、できあいのケーキやお総菜を食べながら、のんびり過ごすことにした。

夕方ごろ、郵便ポストを開けてみた。ポストには手紙が入っていた。新年のグリーティングカードかと思ったが、そうではなかった。手紙は封書だった。去年のうちに届いていたようだ。あまりにもバタバタしていて、郵便ポストをのぞくのを忘れていたのだ。

その手紙の差出人は、わたしの知らない名前の人だった。だけど、わたしはその差出人が誰なのかすぐにわかった。

1月2日

手紙

昨日の手紙の主は、クリスマスにやって来た、黒いスーツの男の人だった。手紙によると、彼はあれからすぐに病院に行ったそうだ。すると大きな病気が見つかり、そのまま入院したという。発見が早かったため、病気は順調に快方に向かっているそうだ。まだ入院中だけど、もうだいぶよくなったので、手紙を書いたという。

ということは、パーティの晩に現われたのはやはり男の人の生き霊だったのか。しかし、なぜ男の人の生き霊は、わたしに黒い塩を届けたのだろうか。手紙には、黒い塩について何も書かれていなかった。

この手紙には、わたしへのお礼の言葉がたくさん書いてあった。病気が早く見つかったのは、わたしのおかげだと思っているようだった。しかし、体調が悪いのなら病院に行くように言うのは、当たり前のことだ。

わたしは、幽霊事件について、かってにこんなふうに考えている。「幽霊の女の人が、男の人をここに連れて来た」のではないか、と。でなければ、普通のビジネスマンが、こんなところにやって来るとは思えない。

うまく言えないけれど、人間は、目に見えない不思議な力に動かされているところが、あるような気がするのだ。

１月３日
橋の向こう

１月３日ともなれば、ぼちぼち初売りをするお店もあるというのに、KIDOYA SUPER は、まだお休みだ。年始の行事に飽きた人たちは、隣り町のデパートや映画館に遊びに行っている。わたしもクルミさんから映画に誘われたけど、とてもそんな気分にはなれなかった。

町はずれの大きな橋を渡ると、隣り町へ入る。川を越えると、そこはもう別世界だ。大きなビルが建ち並び、にぎやかな繁華街がある。

しかし、わたしが住んでいる町は、いつまでたっても寂れたままだ。

近代的な建物といえば、森の端っこの、金網に囲まれた大きな鉄塔ぐらいだ。どうもこれは古いテレビ塔らしい。最初はピカピカで、観光客でにぎわっていた。しかし、隣り町にもっと立派な鉄塔が建ったので、やがて使われなくなったそうだ。今は朽ちかけた鉄の塊が寂しげに建っているだけだ。

家の中には、まだモヤモヤが立ちこめていた。チャーム・ストアに新たなモヤモヤを引き連れた人がやって来る前に、なんとか手を打たなければ。

東洋に「御幣（ごへい）」という道具がある。棒の先に白い紙片をつけた道具だ。この紙にモヤモヤをくっつけて、払うことができるのだという。もしも御幣が使えれば、タリズマンや流木よりもずっと効果的だろう。東洋の術は、何よりも強力だといわれている。

１月４日

古本屋

KIDOYA SUPERの初売りを手伝った帰り、古本屋に寄った。

「そうそう、スプーちゃんの好きそうな本を仕入れてあるよ。」

古本屋のおじさんは、わたしの顔を見るなりそう言うと、５冊の本を奥から出してきた。それは、見たこともないような古い呪術の本だった。おじさんは、「こんな本、スプーちゃん以外に買う人はいないよ」と言って笑った。おじさんに言わせると、これは「店頭には出せない本」なのだという。

わたしは、迷わず全部買うことにした。

1月5日

様子を見よう

まず、ラベンダー入りの塩を用意した。それから、部屋を暖めて、ハーブティーをいれて、昨日買った本を読みながら、お客さんを待つことにした。

午後になると、お客さんがやって来た。隣り町から来たという女の人だった。

わたしは、女の人に、いつものタリズマンとハーブティーを出した。すると女の人は「わあ、これが噂のお守りね！」と言って、目を輝かせた。そして、会社で気の合わない同僚がいること、恋人とうまくいかないこと、頭に来る友人を呪ってやりたいことなど、まるでストレスをいっせいに吐き出すかのようにしゃべりはじめた。わたしは、彼女にすっかり圧倒されてしまい、ただただ呆然と話を聞くだけだった。

わたしは、女の人に、タリズマンを枕の下において眠るように言った。これは災いを遠ざけるタリズマンだ。この人の怒りを鎮めるのにも役立つかもしれない。

魔術は、自分勝手な不満を解消したり、欲求を満たしてくれるものではない。本当の魔術とは、月の光や精霊や夢の中にある、目には見えない不思議な力に触れることだ。だけど、たいていの人にとって、魔術の本当の意味なんて、どうでもいいことだ。だからチャーム・ストアにも、勘違いした人がたくさんやって来る。今さらそれを嘆いてもしょうがないので、しばらくはチャーム・ストアがどうなっていくのか、様子を見ることにしよう。

1月6日

古い魔術の本

チャーム・ストアには、隣り町から数人、立てつづけにお客さんがやって来た。そのせいで、モヤモヤは増えつづけている。

空には、やせ細った三日月が、うすぼんやりと光っていた。月明かりというにはほど遠い、弱い光を放っていた。それでも一応、流木を窓辺に置いて、月の光にあてた。少しでもモヤモヤが浄化されればいいと思う。

古本屋で買った古い呪術の本には、アジアやアフリカの、聞いたこともない魔術がいろいろと書かれていた。しかし読める本は1冊だけだった。残りの4冊は、古い言葉や外国語で書かれているので、図版を眺めるしかなかった。本には、御幣の作り方が書いてあった。しかしそれを使う際の呪文については、どこにも記されていなかった。

本当の魔術は、マスター（師匠）から弟子へと口承で伝わることが多い。本で調べられることは自ずと限られてくるのだ。

1月7日

KIDOYA SUPERの幽霊

バイトの日。KIDOYA SUPERでは、お客さんの少ない時間帯を見計らって、掃除をする。わたしは今日、モップでお店の床をふいてまわった。

お菓子売り場のあたりをふいていたとき、チョコレートの棚を誰かがすーっと通り抜けて行ったのを見た。まさかとは思ったが、たしかに幽霊だった。

ただ、何の幽霊かはわからなかった。死んでから時間がたっている幽霊は、ぼんやりした形に見えるという話を聞いたことがある。わたしが見たのは、古い幽霊だったのかもしれない。

最近は、ニラブーなどの精霊をあまり見かけなくなった。そのかわり、幽霊や黒いモヤモヤばかり見るようになった。

1月8日

河原の石

　バイトのあと、クルミさんが遊びに来た。

　クルミさんは、小さな流木や貝殻をひもでくくって、キーホルダーのような飾りを作っていた。流木のれんの真似をしたそうだ。

「ねえ、スプーちゃん、河原の石を拾ったの。ほら、これ。」

　石からは、清浄な空気が生まれていた。目には見えないけれど、この石には何かがいた。石に触ると、水の音を感じた。きっと川の水に浸っていたのだろう。

「クルミさん、冷たい水の中から石なんか拾っていたら、風邪を引くよ。」

　わたしは何気なくそう言った。

「あら、よくわかったわね。たしかにその石を拾うときは、苦労したわ。」

　わたしはあわてて口をつぐんだ。

　物を触っただけで、その物が置かれていた環境や状態がわかることを「サイコメトリー」と言う。サイコメトリーは、超能力の一種だけど、魔術に近い。魔術の修行をしていれば、自然にサイコメトリーができるようになる。超能力と魔術は親戚のようなものだ。

　クルミさんのおかげで、川の水に浸っていた石がモヤモヤを取り除くのに効果がありそうなことがわかった。

「クルミさん、この石、本当にかわいいね。わたしも拾いに行こうかな。」

　わたしは、そう言ってお茶を濁した。

1月9日

黒いモンスター

昼間から、お客さんが何人もやって来た。どうしたことか、今年に入って、どんどんお客さんが増えている。お客さんのほとんどが隣り町から来ているところを見ると、幽霊事件の噂が広まっているのかもしれない。

キッチンでは、シュー君がなれない手つきで、洗い物を手伝ってくれていた。シュー君は、開店日にはほとんど顔を出しているので、お客さんからは、お店のスタッフだと思われていた。

「あの、遅くなりましたが、お邪魔してもよろしいでしょうか。」

お店を閉めようと思っていたとき、誰かがチャーム・ストアにやって来た。玄関を開けると、老年の立派な紳士が立っていた。

紳士の背後には、モンスターがまとわりついていた。モヤモヤが集まってモンスターのかたちになっていた。こんな恐ろしいものは、今までに見たことがなかった。

「最近、仕事に疲れ果てているのです。温泉につかっても、マッサージをしても、贅沢な食事をしても、いっこうに気

分がよくならないのです。」
紳士は深いため息をついた。それはそうだろう。こんなものをくっつけていたら、気分がいいはずはない。モンスターは、黒い塩から出てきたどす黒い液体にどことなく似ていた。都会で働く人には、こういうものが知らず知らずのうちに憑いてしまうのだろうか。

わたしは、濃いめのミントティーを出して、タリズマンを渡した。さらに、クルミさんにもらった河原の石とミントの葉、それに塩を混ぜたものを麻袋に入れ、紳士に渡した。

「祖母が昔、魔法に凝っていましてね。祖母を思い出します。」

紳士はハーブティーをゆっくり飲み干すと、チャーム・ストアを後にした。わたしは、恐怖のあまり、その場に倒れそうになっていた。家の中には、見たこともないようなモンスターのカケラが空中に浮かんでいた。それは大きくて密度の濃い浮遊物だった。紳士がまきちらしていったのだ。

チャーム・ストアは繁盛しているけど、やっかいなことも増える一方だ。

1月10日

困ったお客とたちの悪い魔術師

今日のお客さんは若い女の人だった。

「最近、つきあっている人が冷たいし、自分もケガをしたりするし、いろいろなことがうまくいかないんです。あなたの占いは大変よく当たると評判です。これからのことを占ってほしいんです。」

「わたしは占い師ではないんですけど。」

わたしがそう言うと、女の人はぽかんとした表情をした。どうやら隣り町では、ここが「占いからおまじないまで何でもできる魔法使いがいるお店」ということになっているらしい。

わたしは、ここがハーブティーとタリズマンで気分をリフレッシュするところだと説明したのだが、彼女はなかなか聞き入れてくれなかった。占いを断るのは大変だった。

チャーム・ストアにやって来る人は、魔術師は不思議な智慧を持っているから、どんな願いでも叶えてくれるとでも思っているようだ。正確に言うと、魔術師の力で願いが叶うわけではない。流木や小石や砂粒にも存在している、目に見えないものたちが、少しだけ力（パワー）を貸してくれるのだ。魔術師は、自然の精霊を召喚する術を持っているだけだ。自分自身の力で何とかしようとする意志がないと、精霊も力を貸してはくれない。

中には、魔術を誤解しているお客さんにつけ込んで、法外の値段でタリズマンを売る魔術師もいる。そういう魔術師は、最初はお金が儲かっていい気分になる。しかし、お客さんは、「もっと効く魔法」を求めて、欲望をどんどんエスカレートさせる。すると魔術師は、さらに強力なタリズマンを作る。そのうちに魔術師自身も神経をすり減らしていく。お金で安心を買おうとするお客さんと、魔術をお金儲けの道具にする魔術師は、いっしょに不幸の谷へ落ちていく。

今日のようなお客さんが、これからもたくさんやって来るのだろうか。そうだとしたら、このお店をつづけていくのは、わたしには無理かもしれない。

1月11日

プールの夢

昨日はプールに飛び込む夢を見た。わたしは、きれいなタイルが貼られたあたたかい温水プールのそばに立っていた。心地よい音楽が流れている。わたしはザブンとプールの飛び込んだ。ところが、プールの底はどんどん浅くなり、最後には子ども用のプールぐらいの深さになった。

海やプールで泳ぐ夢は気持ちがいい。しかし、昨日の夢では、プールの底がみるみる浅くなっていくので、しだいに泳げなくなった。

まるで水から引き上げられるような感じだった。

１月12日

大掃除

チャーム・ストアは臨時休業。黒いモヤモヤを全力で追い出すことにした。

まず塩とハーブを家の中に大量に撒いた。月明かりにあてておいた流木も、たくさん飾った。大きなタリズマンを、１階と２階の部屋の真ん中に置いた。小さなタリズマンは部屋の隅とドアに貼りつけた。

そのあと、河原の石を拾いに出かけた。川には、色のきれいな石がたくさんあった。水が冷たいのをがまんして、持てるだけの石を拾った。

河原で拾ってきた石を窓辺にズラッと並べた。すると勢いよくモヤモヤを吸収しはじめた。わたしは、それを見て少しホッとした。

河原の石がモヤモヤを吸収しているのを眺めていると、どこからともなく、おかしな声が聞こえてきた。

「ご苦労なことだね。その石も、すぐに効かなくなるよ。」

そこには、モンスターのカケラが浮かんでいた。河原の石でもモンスターを浄化するのは無理なようだ。しかもモヤモヤの塊がしゃべるなんて、聞いたこともない。一体どうしたことだろう。

1月13日

黒い人影

昨日は変な夢を見た。黒い人影が、枕元に立っている夢だ。

「安いお金でよくもあんな質(たち)の悪いお客さんの相手をしているよな。とてもまともな魔術師のやることではないよ。きちんと高い料金を取るか、やっかいなお客を追い払うか、どちらかにすべきだね。」

人影は、夢の中で、しつこいくらいに何度もそう言った。

そして、人影は本棚から呪術の本を取り出し、わたしの目の前に差し出した。それは、わたしが読むことができなかった古い文字で書かれた本だった。

「この本は、マギ書体で書かかれたものだ。マギ書体は有名な魔術語だ。文字に当てはまるアルファベットを探し出せれば、簡単に読めるはずだ。この本はきっとチャーム・ストアの役に立つよ。」

人影は、夢の中で、そう言った。

1月14日

古い本

わたしは、夢で見た古い本をキッチンへ運び込んだ。本文の一部は、たしかにマギ書体で書かれていた。駆け出しの魔術師とはいえ、マギ書体のアルファベット対応表ぐらいは持っている。夢の中の人影が言ったように、これなら何とか解読できるかもしれない。

それにしても、夢の中の人影は、一体何者なのだろうか。智慧を授けてくれる者だったのだろうか。

わたしはキッチンでマギ書体を解読しはじめた。どうやらこの本は、呪いの魔術で埋め尽くされているようだった。いわゆる黒魔術というやつだ。ただ、そうは言っても、ここに書かれている黒魔術は軽い部類のものだろう。本当に危険な黒魔術は本に書かれることはない。マスターから弟子へ、口承で伝えられているはずだ。

チャーム・ストアは、冷やかしのお客さんや興味本位でやって来る人が増えつづけている。人影が言うとおり、このようなお客さんを相手にすることはないのかもしれない。試しに、この本に出ている黒魔術を使ってみるのもいいかもしれない。黒魔術は多少危険を伴うが、悪質なお客さんを追い払う程度なら、使ってもいいのではないか、と思うのだ。

KIDOYA
SUPER

1月15日
野菜が足りない

今日はバイトの日。KIDOYA SUPERに行くと、何やら大騒ぎになっていた。
「たのみますよ。少しでも買い取ってください。もちろん、お安くしますから。」
農家の人が、段ボールに入った野菜を持って、店長のジェニー木戸さんに詰め寄っていた。
「だけど、これ、ちょっと不格好じゃない？」
「そこを何とかお願いしますよ。」
寒さのせいで野菜がうまく育たず、穫れるのは、大きさの足りないものや形の悪いものばかりだという。お店では、野菜の入荷量が減ったため、値段もかなり上がっていた。こういうケースは何年かに一度はあるけれど、農家の人がわざわざやって来るなんて、滅多にないことだ。
「うちも野菜の入荷が減って困っているからね。買い取りたいのは山々なんだけど、お客さんは見た目を気にするからね。」
ジェニー木戸さんも、困った顔をしていた。
ただでさえ、買い物客は隣り町のスーパーに流れている。パートの人もどんどん転職していく。その上、野菜も穫れないとなれば、KIDOYA SUPERもこの先どうなるかわからない。
じわじわと背後から不安が忍び寄ってくるような気がした。

1月16日

黒魔術の準備

今日から黒魔術の準備に取りかかることにした。チャーム・ストアは、夕方で閉めてしまった。

黒魔術の儀式は、古代の呪術のような原始的な匂いがする。もっとすごい黒魔術の儀式では、動物の血を使う。古代人は、血の犠牲を捧げることで、強力な呪力を手にできると考えていたのだ。

わたしは、本に出ている「面倒な事態を帳消しにする」という魔術をやってみることにした。この魔術は、さすがに血を使うことはない。しかし、黒魔術というからには、それなりにおどろおどろしい雰囲気をもっている。

まず床に魔法円を描く。魔法円には、東陣、西陣、南陣、北陣の4つの方角がある。各陣に向かって十字を切って、精霊の守護を願うのだが、北陣だけ十字を切らないようにする。すると、ガードがかかっていない北陣から魔物がやって来る。この状態で北を向き、呼び出したい悪霊の名前を11回唱える。この時、精霊を召喚するための三角形の図形を、床に描くことを忘れないようにする。そうしないと、魔物が魔法円から飛び出してしまうからだ。

儀式の手順を確認していると、軽い部類とはいえ、怖い魔術であることがよくわかる。

1月17日
黒魔術をやってみる

魔術の儀式は、必要に応じてさまざまなマテリアル（素材）をそろえなければならない。この儀式では、杖を1本、どろっと湿った赤土、土星を司る鉛を使う。季節は、寒い冬がベストだという。

わたしはお香（こう）を焚（た）いてリラックスしてから、午前2時頃、儀式を開始した。

屋根裏部屋に描かれた魔法円の真ん中で、本のとおりに呪文を暗唱した。流木の杖をかざして待っていると、香の煙がしだいに何かのかたちを取りはじめた。煙に精霊が乗り憑ったのだ。バチッ、バチッとラップ音が鳴り響くと、煙は黒い魔物に変化した。まさかこんなに簡単に魔物が呼び出せるとは、思っていなかった。

魔物の名前は危険なので日記には書かない。聞いたこともない名前だった。

魔物の背後には、赤い炎が揺らめいていた。魔物は、どう猛な犬のようにも見えた。もちろん、それは本物の犬ではなく、異次元の精霊の一種だった。黒い力を持つ魔物たちは、動物のような姿をしていることが多い。

「チャーム・ストアに来る質の悪いお客を追い払え！　黒いモヤモヤを追い払え！」

わたしは、強い口調でそう言った。

魔物に対しては、強くはっきり命令しなければいけない。そうしないと、飼い主が犬に噛みつかれるようなことになってしまう。

魔物は一声唸ると、赤い炎といっしょに、天井まで届くほどの大きさに膨れあがった。まるで黒いオオカミが巨大化したかのようだった。三角形の外へ飛び出すほどの勢いだった。わたしは恐怖のあまり、杖を落としそうになった。

「行け！　行くのだ！」

わたしは、もう一度、強い調子で命令をした。すると魔物は「うおおおおおおお！」と唸って、天井の方へ飛び上がった。そのまま天井を突き抜け、どこかへ消えてしまった。そして次の瞬間、天井を突き抜けるようにして現われ、魔法円にどすんと着地した。魔物は、真っ赤な目でわたしを睨みながら、「うぅぅぅぅ」という唸り声を上げた。魔物との睨み合いがしばらくつづいた。そのうちに魔物は焚き火が消えるように、少しずつ小さくなった。

「（精霊ヨ帰リマシマセ）」

わたしは、閉会の呪文を唱えた。すると魔物は、完全に消えてしまった。儀式は無事に終了した。

白魔術の儀式はとても手間がかかる。今まで何度も失敗をくりかえした。ところがこの黒魔術ときたら、準備も簡単な上、失敗もなく魔物を召喚することができた。わたしの気分は、高揚していた。儀式がうまくいったことが、うれしかった。

屋根裏部屋の床には、マテリアルに使った赤土がベタベタと落ちていた。

1月18日

大成功

あんなにすごかったモヤモヤが、一夜のうちに消え去ってしまった。まったく信じられない話だ。しかも、ぱったりとやっかいなお客さんがやって来なくなった。

今日やって来たのはシュー君とクルミさんだけだった。あとは道に迷ったおばあさんが、バス停の場所を教えてほしいとやって来たくらいだ。相変わらず、見知らぬ人たちがお店の前を行き来していたけど、彼らがチャーム・ストアに入ってくることはなかった。

魔物が、お客さんの心の中の、チャーム・ストアに対する興味本意な気持ちを、きれいさっぱり取り払ってくれたにちがいない。何はともあれ、面倒な事態は「帳消し」になった。

1月19日

月がきれいに見える場所

久しぶりに目の前の霧が晴れた感じがする。バイトが終わってから、ゆっくり近所を散歩した。おばあちゃんに頼まれた巾着袋を埋める場所を探すためだ。冬の夜は凍えるように寒かったけど、冷たい空気が心地よかった。

わたしは都合のいい畑を探しながら、町はずれを歩いてみた。家から歩いて行ける距離で、なおかつ月明かりがきれいに差し込む畑。おばあちゃんとの約束を果たすには、そんな畑が必要だ。できれば、ニラブーが飛んでいるような、いい雰囲気の畑がいい。

黒いモヤモヤと格闘しているような状況では、そんな場所を探し当てることは、とうていできなかっただろう。まちがった場所を選んでしまったかもしれない。だから今まで畑探しに出かけるのを躊躇していたのだ。

しばらくブラブラしていると、北東の住宅地のはずれに小さな畑が見つかった。こんなところに畑なんてあったかなあ。まわりに大きな木が少ないので、天空に浮かんだ月がよく見える。

この畑は、かなりいいかもしれない。

1月20日
リラックス

以前のように迷惑なお客さんがやって来ることもなくなり、穏やかな空気が流れていた。おかげでとてもリラックスしている。暖かいストーブを焚いて、手作りのスコーンを食べて、カモミールティーを飲んで過ごした。こんなことは本当に久しぶりだ。

今日はめずらしく、シュー君もクルミさんも来なかった。だからよけいに部屋は静かだった。夜になると、草や木のささやき声まで聞こえてきそうだった。

洗い立てのベッドシーツをセットして、寝る前にベッドで本を読んだ。本を読みながら、うつらうつらと夢心地の気分になった。

軽い瞑想状態になった瞬間、わたしは、無意識のうちに体外離脱をしていた。気がつくと、魂だけが壁に沿って天井まで上がって行った。木目の壁の模様が目の前に見えていた。

振り向くと、そこに黒い人影がいた。以前、夢に出てきたあの人影だ。

「魔術の腕もますます上がったようだね。」

人影はそう言った。

人影の向こうには、豪華な革のコートを着たおじいさんが見えた。このおじいさんには、見覚えがある。たしかずっと前に、不思議な夢に出てきたおじいさんだ。しかしおじいさんは、何も言わずに人影の後ろにボンヤリと立っているだけだった。

そうこうしているうちに、わたしは極度の睡魔に襲われ、無意識のうちに自分の身体に戻って、そのまま朝まで眠ってしまった。
　とても不思議な体験だった。

KIDOYA
SUPER

1月21日

大きな穴

バイトの日。パンとジュースを持って休憩室に入ると、パートのおばさんたちが騒いでいた。

「ねえねえ、あの話、知ってる？　海岸沿いの道路に穴が開いたって話。」

「知ってるわよ。突然の地盤沈下らしいわよ。」

「海岸沿いの埋め立て地って、よく地盤沈下するらしいですよ。」

わたしが話に加わると、おばさんの一人が目を輝かせながら、こう言った。

「スプーちゃん、そうじゃないのよ。埋め立て地じゃない場所に地盤沈下が起こったのよ。しかも馬鹿でかい穴が開いているのよ。」

「見たわよ、テレビで。すごかったわよね。」

現場には、隣り町からもテレビの取材がやって来たそうだ。何もない小さな町にとっては、こんなことでも大事件なのだ。

1月22日
冬の海辺

今日はチャーム・ストアの日だったが、誰も来なかった。

いやなお客さんが来ないのはけっこうなことだけど、最近は、シュー君とクルミさんまで来なくなってしまった。クルミさんはきっと仕事で忙しいのだろう。しかしシュー君は、どうしてしまったのだろうか。

ちょっと退屈になったので、昼から近所に出かけた。外はあいかわらず寒かった。暇つぶしに雑貨屋さんへ行って、テーブルクロスやクッションを見た。でも、特に欲しいものは見つからなかった。

海岸に行ってみた。冬の海は、どんよりとした灰色をしている。海岸をぶらぶら歩いていると、エイの死骸が、浜辺に打ち上げられていた。寒い冬の海での生存競争に負けてしまったのかもしれない。

そのあと、昨日、パートのおばさんたちが話題にしていた、例の穴を見に行った。

穴のまわりには、危険を知らせる黒と黄色のミツバチ模様のテープがはってあった。さすがに野次馬の数も減っていたので、テープ越しに穴の中をのぞくことができた。わたしには地下水か何かが枯渇した拍子にできた、地盤沈下の穴としか思えなかった。

すると驚いたことに、穴の中から、突然、たくさんのモヤモヤが吹き出した。天をつらぬくように勢いよく吹き上がったモヤモヤは、再び穴の中へと戻っていった。まるでモヤモヤの噴水を見ているようだった。

わたしは生きた心地がしなかった。

1月23日

結界をはる

タリズマン数枚と、できるだけたくさんの小さな流木を使って、家のまわりにモヤモヤよけの結界をはることにした。

まず、家のまわりをゆっくり1周歩いて、気持ちを集中させる。2周目からは、家の角にさしかかると、タリズマンを地面に埋めて呪文を唱える。窓の下など外気が入るところには、流木をいくつか落として、さらに呪文を唱える。このとき頭の中で、家のまわりにバリアーがはられていくようにイメージする。このイメージは単なる空想ではない。呪文の力で本当に見えない布ができあがり、これが結界となるのだ。

魔術の力は、物質とはちがう“想念エネルギー”とでもいうものを作り出すことができる。

これでもう黒いモヤモヤに悩まされることはないだろう。明日は、いよいよおばあちゃんとの約束を実行するつもりだ。

1月24日

約束

朝から河原に出かけた。以前、河原の石を拾った場所より、ずいぶん上流の方まで行った。このあたりの河原の石は、大きくてゴツゴツしている。わたしは、しばらくの間、大きな岩に腰掛けて水の音を聞いていた。サラサラ流れる水の音を聞いていると、気持ちが浄化されていくのがわかる。

河原から家に戻ると、タリズマンや流木を用意した。その後は、しばらくお香を焚いてゆっくりと過ごした。そのうちに、あたりは暗くなり、月がぼんやり輝いた。

わたしは準備していたものを持って、このあいだ見つけた畑に向かった。

畑の上空には、まだ満月に満たない上弦の月が、優しい光を放っていた。わたしは、そっと柵を越えて、畑の真ん中まで歩いて行った。わたしは、黒い土の中に巾着袋を埋めた。そして、新しく作ったタリズマンと流木で結界をはる儀式を行なった。

1月25日

蝶の夢

肩の荷が下りた。昨日わたしは、ついにおばあちゃんとの約束を果たしたのだ。わたしは安心しきって、昼ごろまで、うつらうつら眠ってしまった。

久しぶりに、夢をたくさん見た。夢の中で、黒い大きな蝶が舞っていた。その蝶は、なぜか掃除機に吸い込まれてしまった。

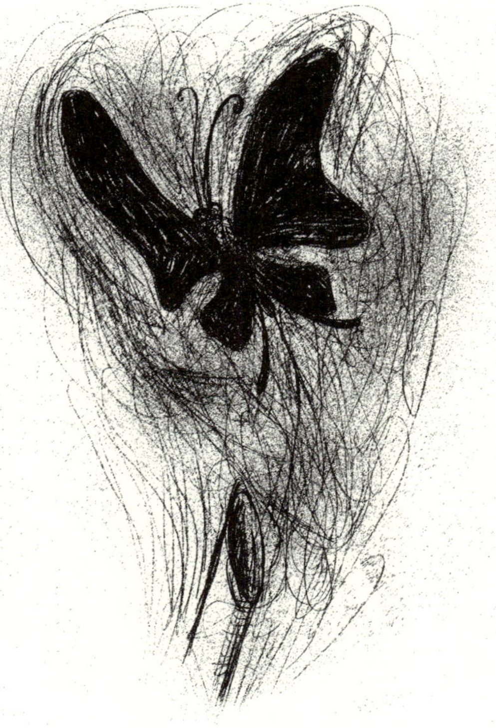

1月26日

小さなダイナー

バイトの帰りに、クルミさんと食事をすることになった。クルミさんとは小さなダイナーで待ち合わせをした。

ダイナーに行く途中に、閉店したレストランがある。暗い店内の奥には、椅子やテーブルが積み重ねて置いてある。この場所にオープンしたお店は、いつも決まって長つづきしない。

「アルバイトなんか辞めて、チャーム・ストアだけやればいいのに。」

クルミさんは、ハンバーグを食べながら、そう言った。

「わたし、手伝ってあげてもいいわよ。将来はチェーン展開しましょうよ。」

クルミさんの目はキラキラと輝いていた。

本格的にお金儲けをしようと思ったら、それこそ興味本位にやって来るお客を相手にしないと食べてはいけない。

わたしは、パンケーキを食べながら、「いろいろむずかしいんだよね」と言った。

クルミさんは「ふーん」と言って、ちがう話に話題をうつした。

1月27日

テレビニュース

今朝、寝ぼけながらテレビをつけると、あか抜けないニュースキャスターが絶叫していた。

「今日、絶滅したはずのキャベツの芽が発見されました！　くりかえします。絶滅したはずのキャベツの芽が発見されました！　場所は、3丁目5番地のジェニー木戸さんの家庭菜園で、今朝、木戸さんが出勤する前に畑を見に行ったところ、土の中からキャベツの芽が顔を出していました。驚いた木戸さんは、すぐに警察に通報。隣り町から駆けつけた大学教授が鑑定したところ、たしかにキャベツの芽であることが確認されました。これはまさに奇跡です！」

眠気が一気に吹き飛んだ。おばあちゃんの巾着袋の中身は、予想どおりキャベツの種だった。しかし、まさかあの畑が木戸さんの家庭菜園だとは思いもよらなかった。

テレビのキャスターは、こうつづけた。

「木戸さんの家庭菜園には、キャベツのほかにも春の草がたくさん生えています。まだ寒いこの時期に、ヨモギの芽まで出ているそうです。ここはまるで奇跡の畑です！　あ、只今、畑の持ち主のジェニー木戸さんのインタビューがはじまったようです。さっそく現場にカメラを切り替えましょう。」

テレビでは、木戸さんが得意げに取材に答えていた。木戸さんの後ろには、KIDOYA SUPERの看板が大きく映っていた。

1月28日

ミラクル・キャベツ

どの局も、朝から晩までキャベツのニュースで持ちきりだった。キャベツには「ミラクル・キャベツ」という名前がつけられていた。

ニュースによると、ジェニー木戸さんの畑に忍び込み、土をスコップですくって持っていってしまう人が続出しているそうだ。迷信深いこの土地の人たちは、畑の土を「奇跡の土」と呼んでいるそうだ。

KIDOYA SUPERにバイトに出かけると、ジェニー木戸さんにはレポーターが群がっていた。木戸さんは今日も、満面の笑みをカメラの方に向けていた。

1月29日

臨時のバイト

今日はバイトの日ではないのに、朝一番で KIDOYA SUPER からの電話があった。人手が足りないので来てくれということだった。

ジェニー木戸さんは、ミラクル・キャベツの持ち主として、今やテレビや新聞でひっぱりだこだ。おかげでスーパーも大繁盛。幸運にあやかりたいという買い物客が隣り町からも押し寄せているらしい。木戸さんの家庭菜園で穫れた野菜はないのかという問い合わせも、殺到しているそうだ。

昼のニュースによると、学者たちがミラクル・キャベツの本格的な調査に乗り出したそうだ。キャベツは金網に囲まれ、畑にはミツバチ模様のテープがはられていた。

1月30日

決断

チャーム・ストアは開店休業状態がつづいている。シュー君もまったく来なくなった。これからはKIDOYA SUPERの臨時アルバイトも増えるかもしれない。わたしはチャーム・ストアを閉めることにした。

今日、クルミさんにその話をしたら、ひどく驚いていた。

「もったいないよ。考え直した方がいいわよ。」

クルミさんは今にも泣きそうな声を出して訴えたけれど、わたしは考えを変えるつもりはなかった。

「お店はなくなるけど、クルミさんとシュー君は今までどおり、いつでも遊びに来てよ。」

わたしは、お店の中にあったタリズマンを2つ、クルミさんにあげた。

「最後のタリズマンだよ。シュー君にも渡しておいて。」

クルミさんは、がっかりしながらチャーム・ストアを出て行った。わたしは、クルミさんとシュー君にだけは、悪いことをしたような気持ちになった。2人は、チャーム・ストアをいい意味で心の拠り所にしていたからだ。

「正しい選択には犠牲がつきものさ。」

ふと見ると、わたしの隣りに黒い人影がすわっていた。夢でいろいろなことを教えてくれる、あの黒い人影だ。

「何もかも思うとおりにはいかないさ。気にすることはないよ。」

人影はそう言うと、楽しそうに部屋の中をトコトコと歩きまわった。

1月31日

謎の人影

　昨日から、黒い人影が家中をうろついている。人影は、モヤモヤでもモンスターでもないし、ニラブーともちがっていた。黒い人影は、家の中を歩きまわり、時々何かをしゃべっていた。

「キャベツが生えてよかった、よかった。」

　人影はテレビのニュースを見ながらそう言った。この人影は、とくに害はなさそうだった。

February

2月　ミラクル・キャベツ狂想曲

2月1日
おかあさん

テレビは、いまだにミラクル・キャベツの話題で持ちきりだ。

キャベツが絶滅した理由も、突然芽生えてきた理由も、科学の力では解明できないという。絶滅した理由はわたしにもわからないけど、復活したのは魔術の智慧のおかげだ。わたしは、前にもまして魔術を勉強したいと思うようになった。わたしは、読みかけの魔術書をかたっぱしから読みあさることにした。

夕方ごろ、電話のベルがジリリと鳴った。おかあさんからだった。

「実はね、おかあさん、町の開発局に声をかけられたの。これから忙しくなるわ。土曜も日曜もなくなりそう。あんたも家のことを手伝ってちょうだい。」

おかあさんの声は、うきうきとはずんでいた。

「実家では、魔術の本が読めなくなるな。」

人影がそうつぶやいた。

2月2日

とびきりおいしいチキン料理

KIDOYA SUPERで食材を買うと、大急ぎで実家に帰った。今晩、町長さんの家で、キャベツ問題の関係者が集まるホームパーティがある。ホームパーティに1品、料理を持って行くのが、この町のしきたりだ。さすがに出来合いの料理を持って行くわけにはいかないので、おかあさんは、わたしにとびきりおいしいチキン料理を作ってほしいと言ってきた。

おばあちゃんは、わたしにおいしいレシピをたくさん教えてくれた。だからわたしは、ホームパーティのたびに、おかあさんから料理を頼まれるのだ。

今回は、ハチミツとレモンとガーリックのソースをかけたチキンソテーを作った。パセリもたっぷりふりかけた。味見をしたおかあさんは「まあまあね」と言った。そして意気揚々と出かけていった。

2月3日

奇跡の町

　ふと町を見渡すと、そこら中にミラクル・キャベツのポスターが貼られていた。そしてどこへ行っても、キャベツのお菓子やパンや雑貨が売られていた。

　ミラクル・キャベツが復活してたった数日で、この小さな町は「ミラクル・タウン」として国じゅうに名前を知られるようになった。

２月４日
縁起がいい

今日はバイトの日。今までとちがって、町はたくさんの人であふれかえっていた。小さな町の人口が、何倍、いや何十倍にもふくれあがった印象だ。道行く人に「奇跡の畑はどこですか？」と聞かれることも多くなった。

KIDOYA SUPERにもたくさんの買い物客が押し寄せた。パートのおばさんが言うには、「ジェニー木戸さんのスーパーで買い物をすると縁起がいい」という噂が流れているそうだ。

2月5日

クルミさんの家

わたしは、ふとシュー君のことが気になって、クルミさんに電話をしてみた。チャーム・ストアを閉めてから、シュー君からぷっつり連絡がなくなっていたのだ。

「遅い時間なら会えるから、わたしの家に来る？　シュー君も何とか連れ出してみるわ。」

わたしは、夜の10時すぎに、クルミさんの家まで出かけて行った。しかしそこにはシュー君の姿はなかった。

「時間が遅すぎて家から出てこられなかったの。もうちょっと早い時間なら連れ出せたんだけど。」

クルミさんの勤めている会社は、建設関係の仕事をしている。

「ミラクル・キャベツのせいで町が国じゅうから注目されたもんだから、町にいろいろ手を加えるらしいわよ。くわしくは教えてもらってないけど、近々、大規模な工事がはじまるらしいの。今日なんか町長さんが会社に来たんだから。」

クルミさんは疲れた顔でつぶやいた。クルミさんの部屋には、黒いモヤモヤがふわふわ浮いていた。

POP CORN
KIDOYA
POP CORN!
POP CORN

2月6日

ポップコーン

KIDOYA SUPERでは、みんなが天井に派手なバルーンを飾りつけていた。バルーンにはポップコーンの絵が描いてある。派手な台車が運び込まれ、乾燥したコーンの粒の瓶詰めが並べられた。油をしいた鍋に粒を入れ、フタをきっちり閉めて火にかけると、ポンポン破裂してアツアツのおいしいポップコーンができる。

「スプーちゃん、これ何だか知っているの？　オレ、はじめて見たよ。メーカーさんから、ポップコーンの実演販売をやってほしいっていう依頼がきたんだ。バルーンも台車もメーカー持ちなんだよ。」

ジェニー木戸さんは、ホクホクの笑顔でそう言った。ミラクル・キャベツのおかげで、KIDOYA SUPERには、いろんなビジネスが舞い込んできた。これからもイベントが目白押しなのだそうだ。

ポップコーンの実演は、見た目も楽しくて、お客さんにもウケていた。木戸さんの心も、ポップコーンのようにはずんでいるようだった。

2月7日

春の精霊

おばあちゃんの巾着袋からミラクル・キャベツが誕生して11日目。この町はキャベツのせいで、すっかり変わってしまった。ミラクル・キャベツは、わたしの手を完全に離れてしまった。キャベツのニュースを流しつづける、うるさいテレビをパチンと消した。チャーム・ストアも閉めたことだし、これからバイトがない日は、じっくり魔術の修行をすることにしよう。

「ミラクル・キャベツのことは、もう町の人たちにまかせるんだな。いい加減、この騒動には飽き飽きだよ。」

人影が退屈そうに言った。

今日は、部屋の中でお香を焚いた。静けさの中に身をおいていたら、お香の煙越しに、ニラブーが飛んでいるのが見えた。しばらくすると、窓がガタガタ鳴りはじめ、外が騒がしくなってきた。様子を見に行くと、わたしはそのまま壁をとおり抜けて、外に出てしまった。どうやら身体から魂が脱け出してしまったようだ。外には、見たこともない精霊がたくさん飛んでいた。春の精霊たちだ。草の間から何かがポンポン吹き出していた。

なんの前ぶれもなく体外離脱をしたのは初めてだった。そのあと、どうやって魂が身体に戻ったのかは、よく覚えていない。

２月８日
期限切れのタリズマン

部屋の整理をしていたら、期限切れのタリズマンがごっそり出てきた。タリズマンは、しばらくすると効かなくなってしまう。わたしは、外に出て、紙切れになったタリズマンに火をつけた。

タリズマンを書くのも修行の一環だ。ということは、わたしはこのタリズマンの数だけ修行をつんだことになる。昨日のように突然、体外離脱をしてしまうのは力が足りないせいではなく、むしろ霊力がアップしたからだろう。

「このあいだの体外離脱はすごかったよ。」

人影もそう言った。チャーム・ストアをやっていたことは決して無駄ではなかったのだ。

2月9日
修行の成果

　バイトが終わったあと、シュー君の家に行った。クルミさんも仕事の都合をつけて、一緒に来てくれた。わたしは、チャーム・ストアを閉めたことを、直接、シュー君に伝えたかった。

「スプーさん、クルミさん、こんばんは……。」

　前にもましてシュー君の顔色は悪かった。生気さえ失われようとしていた。

「スプーさんがお店を閉めたと聞いたときは、とても悲しかったです。ボクはあの不思議なお店が大好きでしたから。でもボクは、どちらにしてもチャーム・ストアへ行くことはできなかったんです。いい加減、まともな仕事を探すように、親にとがめられたんです。」

　シュー君の頭の上から天井にかけて、黒いモヤモヤがうごめいていた。その黒いモヤモヤは、いつしかモンスターのようなかたちになって、こちらを睨みつけていた。

「シュー君、最近、どんな夢を見る？」

　わたしは、シュー君にたずねた。

「そういえば、最近、夢を見ていません。最近は、よく眠れないんです。」

　シュー君にくっついた黒いモヤモヤが、ざわざわとうごめいた。

「就職のことが大変なんだね。」

　クルミさんが言った。

「何度もこの町で働くことを想像しました。キャベツのおかげで景気もよくなって、今なら何だって仕事が見つかりそうな気がするんです。町のパン屋さんは、1日に100個もパンを売り上げたというし、KIDOYA SUPERのにぎわいも知っています。だけど、何か変なんです。この町で働くことをまったく想像できないんです。親は逃げてるというけど、むしろ以前よりも働きたいという思いが強いんです。なのに、まったく行動にうつせなくなったんです。」

シュー君が自分の抱えた不安をはき出したとき、頭上のモヤモヤが、動物のようなかたちになって動き出した。するとガタガタと部屋の本棚が揺れだした。棚に置いてあったスノーボールが床に落ちて、ガチャンと割れた。割れたガラスと一緒に、スノーボールの中を飛び回っていたオモチャの魔法使いが、床に飛び散った。

クルミさんは、キャッと言って驚いた。

シュー君は何事もなかったかのようにしゃべりつづけた。

「あ、そうだ、そういえば、ずいぶん前に、黒い野獣が襲ってくる夢を見ました。」

シュー君がそう言った途端、黒い動物は一瞬にして大きくなった。黒いモヤモヤが獣のような姿になるなんて聞いたこともない。わたしは、恐怖のあまりその場に凍りついた。黒い獣は、今にも、わたしとクルミさんに飛びかかろうとしていた。

「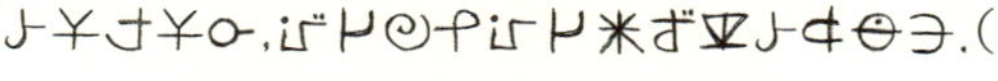(精霊ヨ、バリアヲ、ハリメグラセタマエ)」

危険を感じたわたしは、ポケットから流木のかけらを取り出して、とっさに呪文を唱えた。これは、以前、家のまわりに結界をはるときに使ったものと同じ呪文だ。

すると、黒い獣のかたちはくずれていき、色の薄いモヤモヤにかわった。ポルターガイストはおさまった。黒い獣とシュー君の間に、バリアーをはったのだ。

クルミさんは、恐怖におののいた顔つきで、わたしを見ていた。

「スプーちゃん、あなた……」

クルミさんがそう言いかけたとき、シュー君が「あ、ボクのスノーボールが割れている」と悲しい声を出した。

シュー君は、まるで別人のように、スッキリした顔をしていた。

2月10日
大事な話

　シュー君の家からの帰り道、クルミさんから質問攻めにあった。
「スプーちゃんは、本物の魔法使いだったのね。そうなんでしょ？」
　クルミさんは、目を丸くしてそう言った。
「スプーちゃん、シュー君に何が起こったの？　棚がガタガタ揺れたのも魔法なの？　なんかトリックがあるの？」
　クルミさんは、興味津々で、いろんなことを聞いてきた。
「あれはポルターガイスト現象といって、目に見えない霊や自然の精霊のしわざだよ。」
　クルミさんのように、奇術と魔術を混同している人は大勢いる。ジェニー木戸さんのように、魔術を便利な道具くらいにしか思っていない人もいる。でも、本当の魔術はそうではない。自然の精霊に少し力をもらったり、死者の霊を見たり、目に見えない不思議なことを追究する「学問」のようなものだ。
　わかってもらえるかどうか不安だったけど、わたしは、いつもこの日記に書いているようなことを、クルミさんに話した。わたしが魔法使いだと言いふらされては困るからだ。魔術師は昔から、人々に気味悪がられたり、誤解されたりして、ひどい目にあってきたのだ。

2月11日

黒い動物

バイトの日。わたしは、いつものように倉庫からじゃがいもを運んだりしながら、シュー君の家で見たものについて考えていた。モヤモヤが天井に充満し、ついには動物のようなかたちになるなんて、普通では考えられない。あのモヤモヤが取り憑いているから、シュー君は、いろんなことがうまくいかないのだろうか。あるいは、うまくいかずに落ち込んでいるから、あれがやって来たのだろうか。

わたしは、バイト先からシュー君の家に電話をしてみた。もう一度、ケアをした方がいいように思ったのだ。ところが電話には誰も出なかった。

わたしは、あの黒い動物が、黒魔術で召喚した魔物に似ていたことが、少し引っかかっていた。

2月12日

おかあさんの電話

「おかあさんは忙しいんだから、家を手伝いに来てって言ってるでしょ。」

今朝は、おかあさんの電話で起こされた。

「わたしだってバイトがあるんだから、そんなに頻繁に帰れないよ。」

「今日はバイトを休みなさい。おかあさんが木戸さんに言っておくから大丈夫よ。おかあさんはね、町のために一生懸命働いているの。とにかく今日は家に来て。」

おかあさんは、そう言うとガチャンと電話を切った。

バイト先に電話をすると、ジェニー木戸さんから遠回しに嫌味を言われた。KIDOYA SUPERだって、猫の手を借りたいほどの忙しさなのだ。

実家に戻ると、おかあさんは書類の準備をしていた。

「今週、大切な記者会見があるの。ミラクル・キャベツのおかげで、町の開発をやることになったのよ。もう、この町は、寂れた町じゃなくなるのよ。あんたにも、バイトなんかじゃなく、きちんとした仕事をさせたいの。いつかお店でも持てるように、今から料理の腕を振るいなさい。あんたの料理の腕は一人前よ。ホームパーティの料理はいつも評判なのよ。」

おかあさんの目はキラキラ輝いていた。

2月13日

昨日のつづき

「レストランをはじめるつもりはないよ。」

わたしはそう言った。だけど、おかあさんは、まったく相手にしてくれなかった。

「だって、あんたこの先どうするつもりなの？　一生KIDOYA SUPERで働けるわけじゃないのよ。せっかく料理が上手なんだから、どんどんやりなさいよ。あんたの料理はお祖母様から受け継いだ才能だと思うわ。これはチャンスなのよ、スプー。一等賞を目指しなさい。」

わたしは、おばあちゃんから教わったおかげで、料理は上手な方かもしれない。だからといって、お店を持とうとは思わない。料理人には、料理が上手な人がなるのではなく、料理人になりたい人がなればいいのだ。

わたしは、魔術師になりたいのだ。本当になれるかどうかわからないけど、魔術の修行をつづけたい。

2月14日

公園の夢

わたしは、夢の中で、誰もいない公園にいた。しんと静まりかえった大きな公園だった。木が丸くきれいに刈ってあり、大きな湖がある。わたしは、きれいな女の人といっしょに並んで、湖岸に立っていた。女の人は、ずっとわたしに微笑みかけていた。

たぶんわたしは、夢で「死の世界」へ行って来たのだと思う。魔術の世界では、公園のビジョンは、霊界を表わすと考えられている。同じ死の世界でも、おばあちゃんが暮らしていた死者の森とは、またちがうところだ。

魔術の修行をしていると、たまに無意識に霊界に行ってしまうこともあるらしい。女の人は、クリスマスにやって来た、幽霊の女の人に似ているような気がした。

2月15日

おとうさんのニラブー人形

「スプー、ニラブーの木彫り人形を作ったよ。」

　バイトのあと実家に帰ると、おとうさんがそう言った。人形には、皮で作った赤い帽子をかぶせて、同じ赤い皮のベストを着せてある。皮細工の職人をしているおとうさんは手先が器用なのだ。木彫り人形ぐらいなら、手の空いた時間にサッと作ってしまう。

「おとうさん、ニラブーは服を着ていないし、帽子もかぶっていないよ。」

　わたしは、そう言った。

　人形は、古くから伝わる森の精霊ニラブーとはほど遠い感じだった。まるで、観光みやげの安っぽい人形のようだ。

　おとうさんは、ミラクル・キャベツのせいでご機嫌だった。町がにぎやかになったのが、うれしいようだった。おかあさんが忙しそうにしているのを、にこにこしながら眺めていた。

「この人形がはやるといいな。」

　おとうさんは、観光用のニラブー人形が売り出される日を夢見て、楽しそうだった。

2月16日

ひどい仕事

記者会見の前日。

町役場の一番大きな会議室が記者会見の会場だ。本当はホテルのボールルームでやれば様(さま)になるのだろうが、この町にそんなものはない。

記者会見のプロデュースはおかあさんの会社の担当だ。隣り町からやって来たおかあさんの部下たちが、せわしなく働いていた。彼らは外国製のミネラル・ウォーターがどこにも売っていないとか、コーヒーのデリバリーはどこに頼めばいいのかとか、どうでもいいようなことを、わたしに聞いてきた。そんな気の利いたものが、この町にあるわけはない。

おかげで立食パーティ用のお菓子作りがすっかり遅くなってしまった。わたしは、夜遅くまで残って、役場のキッチンでパイやクッキーを焼いた。なんだかひどい仕事だった。

役場には、モヤモヤが立ちこめていた。

2月17日

記者会見

いよいよ記者会見の日。

会場には、町長や、ミラクル・キャベツの畑の主であるジェニー木戸さんのほかに、スーツを着た知らない人たちがたくさん来ていた。

わたしはパーティ用のクッキーやフルーツを皿に乗せてスタンバイしていた。おとうさんのニラブー人形もテーブルに飾りつけた。会見が終わったら、すぐに立食パーティがはじまる。合図がきたら、お菓子やコーヒーをテーブルに並べる予定だった。

「このたびは、お忙しい中、ご足労いただき、ありがとうございます。」

町長のあいさつがはじまった。

「この町は、今、この瞬間からミラクル・キャベツの町に生まれ変わります！　このたび、森の中に高級別荘地を建設することになりました。この奇跡の町で、自然豊かなリゾート生活を満喫してもらいたいと思います。私たちはこの別荘地をミラクル・タウンと命名します！」

「別荘のために森を切り開く？」

わたしは自分の耳を疑った。あの森は、神様や精霊たちが棲む森だ。古代遺跡のドルメンもある。とても神聖な場所なのだ。この町の人たちは、昔から、あの森を大切にしてきた。ミラクル・タウンなんて冗談じゃない。第一、この町の人たちが、そんなことを許すはずがない。

すると会場では、聞いたこともないような大きな拍手喝采が巻きおこった。

Miracle
Cabbage

２月18日

ミラクル・タウン

「スプーちゃん、大変よ。とうとう外国のお金持ちまでが、森の開発に大金を出すことになったらしいわよ。」

電話の向こうでは、クルミさんが興奮しながら話していた。クルミさんは、わたしが本当の魔術師だと知ってから、わたしの話に耳を傾けるようになった。

「このままでは森が一大リゾート地になっちゃうわ。」

お金のために神聖な森を破壊するなんて、まったくでたらめな話だ。お金は儲かるだろうけど、町の人たちは心の拠り所を失ってしまう。その中心でおかあさんが働いているというのも気にくわない。何とか計画を阻止できないものだろうか。

町の喧噪とは無関係に、キャベツは今日も豪勢な金網の中ですくすくと育っていた。学者たちは、キャベツはまだ１個しか育っていないけど、とても強い遺伝子を持っていると言っていた。

2月19日

失敗

今日はクルミさんと一緒に、シュー君に会いに行った。ようやくシュー君と連絡が取れたのだ。シュー君は、就職活動で忙しかったそうだ。

シュー君の家に行く前に、KIDOYA SUPERで粗塩３袋と、ハーブの束をどっさり買った。ハーブの種類は、ミントやセージ、ローズマリーなど、解毒(げどく)系のハーブばかりを買い込んだ。

「こんにちは……。」

シュー君は元気のない声でそう言うと、わたしたちを部屋に迎え入れた。シュー君の顔色は、また元に戻っていた。就職活動のせいだろうか、部屋の中は、モヤモヤが充満してどんよりと暗かった。やっぱり早い段階でケアをしにくるべきだった。

わたしはシュー君に、羊皮紙で作った本格的な魔よけタリズマンを持たせた。部屋の四隅には、塩を混ぜたハーブを置いた。そして真ん中に立って、流木の杖をかかげた。

「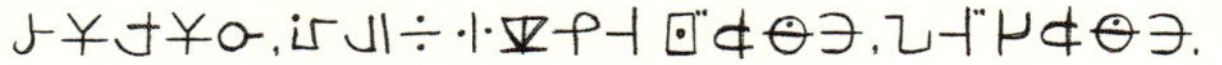
(精霊ヨ、ハルノソラヲ、トビタマエ、オドリタマエ)」

わたしは呪文を唱えた。美しい響きのする長い呪文だ。呪文を唱えるうちに、シュー君とクルミさんが視界から消えていった。

すると天井の黒いモヤモヤがどんどん黒い塊へと変化していった。ここまではいつもどおりだ。ところが黒い塊は、だんだん下に降りてきて、わたしの頭にのしかかってきた。こんな現象は初めてだ。わたしは、急に息苦しくなってきた。しばらくの間は耐えられたが、あまりにも苦しくなってきた。
「ᒍ¥ᒧ¥ơ,ႮƎ⊢ӨᐱӨᒍ.（精霊ヨ帰リマシマセ）」
　わたしは、思わず魔術の儀式で使う閉会の呪文を唱えてしまった。すると、チャンネルが切り替わるようにパッと視界が元に戻った。
「どうかしたの？」
　クルミさんが、近くに寄ってきた。シュー君はタリズマンを持ってボンヤリと立ったままだ。何も見えない２人はきょとんとしていた。
　黒いモヤモヤは、天井いっぱいに漂っていた。シュー君は、一体どこでこんな強力なモヤモヤを拾ってきてしまったのだろうか。

2月20日

バイトを休む

　どうも昨日から具合が悪い。今日は、ひどい風邪だと言って、バイトを休ませてもらった。

　KIDOYA SUPERは、ミラクル・キャベツの騒ぎで、いつもお客さんが絶えない。バイトを休むと迷惑をかけることになる。なんだか悪い気がするのだけど、今日は出かけられそうもない。

　身体がだるくてしょうがないので、ジンジャーのすりおろしを入れたレモネードを作った。このレモネードは薬みたいなもので、疲れにもよく効く。

「どうかしたの？」

　黒い人影が、話しかけてきた。

「シュー君に変なものが憑いている。何とかしてあげたかったのにダメだった。」

　わたしは人影にそう言った。

「町の人たちはキャベツとミラクル・タウンで、狂ったように盛り上がっている。だから黒いモヤモヤも出てくるわけだ。シュー君のモヤモヤだけを払ったところで、意味はないのさ。」

　言われてみれば、そのとおりかもしれない。

　この人影は、いつも的確なアドバイスをしてくれる。

2月21日

黒いニラブー

屋根裏部屋のベッドから、ぼんやり窓の外を眺めたとき、黒いニラブーの大群が、渡り鳥のように空を飛んでいるのを見た。ニラブーは、本当はきれいな緑色をしているのだが、一体どうしてしまったのだろう。ニラブーまで、黒いモヤモヤに支配されてしまったかのようだ。

あの黒いニラブーの大群は、子どものころにも見たことがあるような気がする。

2月22日

行きたくない

朝早く、ジリリと電話が鳴った。おかあさんからだった。

「ミラクル・タウンのことで忙しくて大変なの。食事をする暇もないのよ。買い物とか食事のしたくを手伝ってほしいの。」

おかあさんは言いたいことだけを言って、電話を切った。

わたしはバイトが終わると、自分用にパンとレモンとリンゴを買って、自分の家に帰った。おかあさんの手伝いには行きたくなかった。

2月23日

奇跡なんてない

今朝も、おかあさんから電話があった。昨日、実家に帰らなかったことをうるさく言われた。しょうがないので、家の手伝いをすることにした。

KIDOYA SUPERで鶏肉や野菜を買って、実家に帰った。すると、家の中は黒いモヤモヤだらけだった。両親が帰宅する前に、部屋のあちこちに河原の石を置いた。しばらくたったら石を回収して、塩が入った袋に入れた。部屋の空気はずいぶんましになった。

夕ご飯は、ポトフを大鍋いっぱい作った。おかあさんは、温かいポトフのおかげでご機嫌になった。

「みんなミラクル・キャベツなんて言ってるけどね、あんなもの偶然できただけかもしれないし、畑で大量生産できる保証もないのよ。まったく、バカバカしい話だわ。だから、化けの皮がはがれない今のうちに、町を投資家に売り込んで、どんどん開発するの。そうすればこの町も、隣り町に負けないくらい立派な町になるわ。」

わたしは、思わず耳をふさぎたくなってしまった。

2月24日

おばあちゃんの想い

　ミラクル・キャベツというネーミングはすっかり町の人に定着した。絶滅したはずのキャベツが復活したのは事実だ。一度なくしたものがあらわれたら、それを奇跡と感じるのは自然なことだ。とくに町のお年寄りたちは、キャベツが復活したことで幸せな気持ちになっている。おばあちゃんがキャベツが復活するようにしむけたのは、寂れる一方だったこの町で、人々に、豊かな気持ちを取り戻してほしかったからにちがいない。

　しかしミラクル・タウンはどうだろうか。一時的に、お金を儲けるにはいいかもしれない。しかし別荘を売り切ったら、もうそれで終わりだ。その後に、いったい何が残るというのだろう。あとは廃(すた)れていくミラクル・タウンを眺めるしかないのだ。

2月25日

邪気払い

ミラクル・タウンの計画を止めるにはどうすればいいのか、わたしなりに考えてみた。ミラクル・タウンの熱にうなされているおかあさんの邪気を払うというのはどうだろう。計画の中心人物の熱が下がれば、町の役人たちも目を覚ますのではないだろうか。

「邪気払い程度で、君のおかあさんが黙るとは思えないけどなあ。」

人影が言った。だけど、やらないよりやった方がましだと思う。

2月26日

ハーブの香り

今日は1日、魔術書を開いて、新しいタリズマンのマークや呪文を調べた。ハーブオイルの調合も試みた。邪気を払うには、おかあさんの気持ちを安静にすることが第一だ。部屋の中は、甘ったるいハーブの香りでいっぱいになった。

2月27日
実験

バイトが終わったあと、KIDOYA SUPERで買い物をして、実家に帰った。

今日は、野菜とソーセージのクリーム煮を作った。クリームの中には、カモミールオイルを、サラダのドレッシングには、オレンジオイルを数滴たらした。この2種類のオイルには鎮静作用がある。

おかあさんのベッドの裏に、羊皮紙に筆で手書きしたタリズマンを貼りつけた。そして流木の杖をかかげて、すべての部屋で呪文を唱えた。

おかあさんとおとうさんが帰ってくると、夕食がはじまった。おかあさんは、ミラクル・タウンのことを興奮しながらしゃべっている。もう少し強力なハーブを使わないと、おかあさんには効かないようだ。おとうさんは、おかあさんとちがって静かな人だ。食事が終わりに近づくと、おとうさんがうとうとしはじめた。

食後に、濃いカモミールティーをおかあさんに出した。

「今日の食事はいつもと感じがちがったわね。」

おかあさんは、そう言った。ちょっとは効いたのだろうか。

オイル入りの食事と呪文とタリズマンの効果で、部屋の中の黒いモヤモヤは、消えかかっていた。

2月28日

古代の智慧

ハーブには、意外と大きな効果がある。前にもこの日記で、ローズマリーのオイルが邪気払いに効くと書いた。古い時代の慣習が受け継がれている村では、今でも、お香や焚き火、植物のエキス入りの水などで、旅行者を迎える。古代には、旅行者は異国から物の怪（もののけ）を連れて来ると信じられていた。だから、火やお香で悪いものを浄化してからでないと、旅行者を村に入れなかったのだ。

こういう社会を「未開の文化」とか「原始社会」とか紹介するテレビ番組を見かけることがある。しかしわたしはそうは思わない。古代の人たちには、物質とはちがう、物の怪や悪霊や、幸せを呼ぶ精霊が見えていたのだ。現代人は、精霊たちを見る「目」を捨ててしまった。それと同時に大切な「智慧」をなくしてしまった。

魔術は、忘れ去られた古代の智慧を、もう一度取り戻すための試みなのだ。

March

３月　黒魔術

３月１日

邪気払い成功

わたしは、棚の奥から瞑想するときによく使う、フランキンセンス（乳香）を取り出した。おかあさんをリラックスさせるには、これくらい強力なハーブでないと無理だと思う。

実家での夕食後、わたしはハーブティーの準備をはじめた。酸味の強いローズヒップティーにフランキンセンスの粉を小さじ一杯投入。フルーティーなローズヒップで、フランキンセンスの香りをごまかした。

このお茶を飲んだとたん、おかあさんのまわりから、邪気がさーっと消えていった。フランキンセンスは予想以上の効果を発揮したようだ。

わたしは、お茶を飲み終わると、歩いて家に帰った。月のきれいな夜だった。

3月2日

ジェニー木戸さんの言いぶん

今日も KIDOYA SUPER は混み合っている。そういえば1週間ぐらい前から、店の入り口に大きなキャベツの置き物がおいてある。置き物の台座には「ミラクル・キャベツが復活した畑の所有者、ジェニー木戸の店」と書いた板が貼られていた。

「きっと神様が、KIDOYA SUPER を救ってくれたんだよ。今度は、ミラクル・タウンが町の人を救う番だよ。」

木戸さんはパートのおばさんたちに力説していた。

この町の古い資料によると、昔、魔術師がいたころ、あの森には不思議なことがおこる秘密の場所があったそうだ。その場所とは、おそらくドルメン跡のことだ。今となっては、この古い言い伝えを知る人は少ない。しかし町の人たちは、たとえ言い伝えを忘れていても、あの森に手をつけることはしなかった。直感的に、そういうことはしてはいけないという思いがあったからだ。

3月3日

クルミさんからの電話

　今日、クルミさんから電話があった。

「スプーちゃん、大変よ。いよいよ森を造成するらしいわよ。今日、町議会で承認がおりたんだって。あなたのおかあさんが、ここ数日でどんどん話を進めているそうよ。」

　まさか、そんなことってあるのだろうか。おかあさんの邪気は、わたしの呪文とハーブで消えかかっていたはずだ。

3月4日
逼迫（ひっぱく）する事態

道を歩いていると、突然、自分の身長が高くなったような気がした。「あれ？」と思った瞬間、わたしは体外離脱して高いところに浮かんでいた。フランキンセンスのせいかもしれない。眼下には暗闇坂が見えた。魂の抜け殻になった自分の身体が、ふらふらと坂道を歩いていた。

わたしは、風に乗って森の方に飛ばされた。森の上空には、たくさんの精霊が飛び交っていた。その中に、黒いニラブーの大群もいた。

森の中に、誰かがいるのが見えた。5、6人ほどの大人が図面をのぞきこんでいる。その中心で何やら命令している人物がいた。おかあさんだった。

「道は車が入れるように広くしてね。別荘は高台ほど高額になるように作りましょう。眺めがいい場所をこちらで選んでから、建築家に相談ね。誰に対しても、こちらに主導権があることをわかってもらうようにしておいてね。そこだけは抜かりなくお願いね。」

部下らしき男の人が必死にメモを取っていた。

邪気払いが効いたらしく、おかあさんから悪い波動は、ほとんど出ていなかった。おかあさんは落ち着き払って、的確に指示を出していた。

「日を追うごとに、仕事のスピードがアップしていませんか。」

町長が感心するように、おかあさんの仕事を眺めていた。

「最近、なぜか心身共に調子がいいんです。仕事に集中できるんですよ。きっといいお仕事をいただけたからですよ。」

「あなたに旗振り役をお願いして本当によかった。」

町長は満足そうにうなずいて言った。

「こちらこそ早い段階での議会の承認、ありがとうございました。今日、ブルドーザーを20台、手配しておきました。近々、暗闇坂からドルメン跡の手前まで、一気に造成します。これでこの町も豊かになりますわよ。」

どうやらわたしがやった邪気払いは、ミラクル・タウンの熱を冷ますどころか、おかあさんの仕事の効率をあげてしまったようだ。わたしは白魔術の限界を知った。

3月5日

黒魔術

自分の中にふつふつと怒りがわき上がってくる。もはやおかあさんに対する哀れみは消えてなくなった。こうなったら最後の手段に出るしかない。わたしは、もう駆け出しの魔術師ではない。以前よりも確実に成長した。黒魔術だって立派に使いこなせるのだ。

３月６日

蜘蛛の糸

バイトが終わって帰宅すると、家の中は黒いモヤモヤだらけだった。結界がやぶられたのだろうか。天井にびっしりと黒いモヤモヤがはりついていた。わたしは、あわてて流木のかけらや、杖を取り出した。

杖を手に取ると、真っ黒い糸のようなものが、ネバネバとまとわりついてきた。わたしは驚いて杖を床に落とした。すると黒い糸は、蜘蛛の巣のように部屋中に広がった。

わたしは、２階の屋根裏部屋に駆け上がった。部屋の戸を閉めて、ドアに魔よけのタリズマンを貼りつけた。

おかあさんがすすめるミラクル・タウン計画のせいで、黒いモヤモヤはいたるところに発生していた。黒いモヤモヤから逃げられる場所は、もうどこにも残っていない。

３月７日
夢枕

キャベツを復活させたばかりに、とんでもないことになった。もうちょっと慎重に行動すればよかったのかもしれない。

わたしは暗い気分で１日中、うなだれていた。すると、夜、あの黒い人影が、わたしの夢の中へやって来て、やさしく声をかけた。

「キミはキャベツを復活させたことを後悔しているかもしれないが、それはおかどちがいってもんだ。悪いのはキャベツじゃないよ。キャベツを悪用しているやつらだよ。」

人影はそう言って、わたしをなぐさめてくれた。

「かといって、もたもたしてもいられないな。悪い連中はもうすぐ、たくさんのブルドーザーでやって来るにちがいない。そうなったときは黒魔術を使うしかないな。覚悟はできているかい？」

わたしは夢の中で「うん」とうなずいた。そのとき、家全体がぐらっと揺れたような気がした。

目を覚ますと、あたりはとても静かだった。黒い糸は、まだ部屋を覆っていた。

３月８日

ブルドーザーの行進

最初は地震でも起こったのかと思った。家がぐらぐらと揺れ、地面から激しい震動が伝わってきた。窓を開けると、見知らぬ自動車の姿が見えた。そのあとをキュルキュルとキャタピラの音をたてながら、たくさんのブルドーザーが通って行った。電動ノコギリのようなものをたくさん積んだトラックもあった。先導する車の中に、おかあさんの姿を見つけた。

「もう来やがった。」

人影が言った。

わたしには、キュルキュルというキャタピラの音が、おばあちゃんの想いを踏みにじっている音のように聞こえた。

３月９日

黒魔術１

空は昼間から曇りがちだった。夜になると、月に雲がかかっていた。

今回は、前よりも強いパワーの黒魔術が必要だ。マテリアルとして、湿った赤土と鉛のほかに、真っ赤なガラスビーズを用意した。準備をすませると、わたしは深呼吸をするために外に出た。家の裏の林には、育ちすぎたヨモギがびっしり生えていた。今年の春は暖かくて植物の成長がいやに早い。わたしは、ヨモギをひとつかみ取って、儀式のテーブルに飾りつけることにした。

ほかにも、ある呪術を試すことにした。この呪術には、たくさんの小石が必要だ。それぞれの石に、おかあさんの名前、ミラクル・タウン関係者という文字、そしてある呪文を書きつける。儀式の最中、この石を袋に入れて、がちゃがちゃと揺する。石を揺することによって、名前を書かれた人物が混乱するというわけだ。これは「類感呪術」と言って、世界中いたるところで見られる呪術だ。

わたしは、開会の呪文を唱えるために、魔法円の真ん中に立った。いよいよ戦いがはじまると思うと、ぶるぶると手がふるえた。

「あんたなら、うまくやれるはずだ。修行の成果を見せてやれよ。」

どこからともなくあらわれた人影が、わたしの肩をぽんと叩いた。

3月10日

黒魔術2（昨日のつづき）

わたしは二、三度、深呼吸をしてから儀式に取りかかった。

「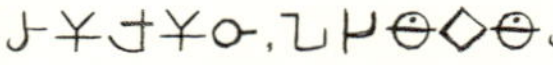（精霊ヨ降リマシマセ）」

わたしは魔法円の真ん中に立って、開会の呪文を唱えた。そしてテーブルの真ん中に、赤いビーズをのせた黒い皿を置いた。湿った赤土と鉛も、皿のまわりに置いた。今回は、赤い怒りのエネルギーを召喚することにした。あの本に書いてあった中で、一番強力な黒魔術だ。

「ミラクル・タウン計画を阻止しろ！　町の人たちの邪念を消してしまえ！」

心の中で強くそう念じながら、呪文を唱えつづけた。

やがて、ゴゴゴゴゴゴゴと地鳴りのような音が部屋中に響き渡った。部屋の家具がガタガタ揺れて、本がドサドサと床に落ちた。天井の電球も勢いよく揺れた。部屋の中のあらゆるものが床の上ではねまわり、しまいには魔法円を中心に、中空をぐるぐる舞った。圧倒的なエネルギーが渦巻いているのがわかった。部屋の中が真っ赤に染まっていった。

魔法円の外側に描かれた三角形に、突如として、赤黒い獣が現われた。赤黒い獣は、全身がメラメラと燃えていた。今度の魔物の迫力は、オオカミの化身のときとは比べものにならない。獣は怒りに燃えた目で、わたしの方を睨みつけた。しかし、わたしは、なぜか恐怖を微塵も感じなかった。そして杖を魔物に向けて呪文を唱えた。

「

（炎ノ精霊キヨルモスヨ、我ノネガイヲキケ）」
《おかあさんは何もわかっていない！　ひどすぎる！》
　儀式の最中、心の中に憎しみがどんどんあふれてきた。その瞬間、怒りに満ちた魔物の目がギラギラ光った。
「うおおおおおおおおおおおおおお！」
　赤い魔物は、暗い地下から轟（とどろ）くような声で吠えると、天井に届くほどの大きさにふくれあがった。中空を舞っていた棚や椅子は炎に包まれ、火の玉となって、赤黒い獣のまわりをものすごいスピードでまわりはじめた。
「ミラクル・タウン計画を止めろ！」
　わたしは声に出して叫んだ。
　風を切るような音がして、獣は目の前からいなくなった。
　１、２、３……３秒間の静寂が訪れた。世界中の音がすべてなくなったように感じた。
　突然、グゥオン！という音とともに獣が帰って来た。獣は足を三角形につけたまま、外に飛び出そうとした。あまりにも恐ろしげな動きだった。わたしはこの時、初めて獣に恐怖を感じた。
「ᒍ¥ᑯ¥ᓄ,ᕫ∋ᒣ⊖◇⊖ᒍ.（精霊ヨ帰リマシマセ）」
　わたしは、危険を感じて閉会の言葉を唱えた。赤黒い獣はおとなしく消えていった。
　儀式は終わった。
　石の入った袋を揺する余裕は、まったくなかった。袋はテーブルにおいたままだ。わたしは袋から石を取り出してみた。すると石は粉々に砕けていた。花瓶のヨモギは、焼けこげたように黒く変色していた。

3月11日

黒魔術の余韻

今日は1日、家で寝込んでいた。どっと疲れが襲ってきたのだ。アルバイトはお休みした。

洗面所の鏡の前に立つと、バチッ、バチッとラップ音が鳴った。鏡をのぞき込むと、そこには、わたしではなく黒い人影が映っていた。驚いて鏡から目をそらすと、隣りには半透明になったもうひとりのわたしが立っていた。

「外に出て深呼吸しようよ。クルミさんを呼んで、ご飯を食べようよ。」

半透明のわたしが、そう言ってわたしを引っぱろうとした。しかし半透明の手は、するりとわたしの身体をとおり抜けてしまった。

次の瞬間、半透明のわたしは消えてなくなった。鏡をのぞき込むと、そこには黒い影ではなく、いつものようにわたしの姿が映っていた。

儀式の疲れで不思議な幻影を見たようだ。でも、そんなことはどうでもいい。黒魔術は成功したのだ。

「無人のブルドーザー20台が突如横転！」「ミラクル・タウン計画延期か？」「森のたたり？……騒ぐ住民」「外国人投資家も全員撤退か？」

ニュースや新聞の見出しをまとめると、ざっとこんな感じだ。町の図書館から昔の文献を見つけてきて、いかにあの森が神聖な場所かを解説する人までいた。一度こういう騒ぎがおこると、信心深い町の人たちは森を守ろうとするにちがいない。

これでミラクル・キャベツをめぐるわたしの役割は終わ

った。
部屋には、まだ昨日の黒魔術の余韻が残っていた。目を閉じると、まぶたの裏で赤い火花が散っていた。杖を持つと、手の中に得体のしれない力が宿っているような気がした。わたしは魔術師として、またひとつ階段をのぼった手応えを感じていた。

3月12日

平穏な日

森の開発の手は止まった。わたしは、いつものようにバイトに出かけた。

ようやく町に平穏な日が戻ってきた。

バイト先では、みんな何事もなかったように働いていた。買い物客も、町の人たちばかりだった。変わったことといえば、ジェニー木戸さんが、店頭に飾っていたミラクル・キャベツの置き物を撤去したことぐらいだ。

なんだかホッとした。これでよかったのだ。

3月13日

野良猫

今日は部屋の掃除をしたり、本の整理をしたりして過ごした。

窓の外を見ると、野良猫が歩いていた。猫は何かを避けるように、道をジグザグに歩いていた。

猫は、人にはよく理解できない行動をとることがある。何もない虚空を眺めたり、何もないところに走って行ったり。猫たちには、人に見えないものが見えているのかもしれない。

猫を観察するのは、なかなか面白い。

3月14日

モヤモヤの残骸

儀式で使った杖を磨いていると、家のドアを激しく叩く音が聞こえた。何事かと思い、玄関に行ってみると、そこには血相を変えたクルミさんが立っていた。

「スプーちゃん、シュー君が大変なの！　早く来てほしいの！」

クルミさんが言うには、シュー君の体調が急におかしくなったというのだ。隣り町の大きな病院で診てもらっても、原因はわからなかったそうだ。シュー君は身体全体を何かにおさえつけられたようになって、満足に歩くこともできないという。わたしはクルミさんと、シュー君の家へ行くことにした。

「魔法で病気は治せないよ。」

わたしがそう言うと、クルミさんは「わかってる」と言った。

「それでも原因が何かくらいわかるでしょ。邪気払いでも何でもやってみてほしいの。頼れるのはスプーちゃんだけよ。」

シュー君の部屋は、黒いモヤモヤが立ちこめていた。黒魔術によって全てのモヤモヤを排除したつもりだったが、まだ少し残骸が残っているようだ。その残骸が集まって、シュー君の肩から背中にのしかかっていた。

シュー君は苦しそうだった。

「どう、スプーちゃん、シュー君を助けられる？」

クルミさんは心配そうに言った。

「うん、大丈夫。」

わたしはきっぱりと言った。

今のわたしは以前のような駆け出しの魔術師ではない。この程度のモヤモヤだったら簡単な魔術で消せるので、何の問題もない。それこそもう一度黒魔術を使えば、町に残ったすべてのモヤモヤの残骸を、あっという間に退治できるだろう。しかし、シュー君の部屋で黒魔術を使うわけにもいかないので、いつもの白魔術のやり方でモヤモヤを消すことにした。

準備したものは、流木の杖と真新しい粗塩だけだ。今回は、ハーブもオイルもいらない。わたしの手には黒魔術のものすごい力が、まだ余韻として残っていた。この力があれば、余計なものは必要ない。

わたしは、流木の杖をかかげた。

「………。」

ところがどうしたことか、呪文がまったく出てこなかった。いや、たしかに呪文は頭の中に浮かんでいた。しかしそれがうまく言葉として発せられないのだ。頭の中では、赤い火花がバチバチと散るばかりだった。

そのうちに、黒いモヤモヤがわたしのまわりに群がってきた。

儀式は、はからずも中断してしまった。

「どうしたの、スプーちゃん。」

クルミさんが言った。

「ごめんなさい、シュー君、クルミさん。今日は無理だわ。」

わたしはそう言い残して、シュー君の部屋を飛び出した。

3月15日

空を覆う

シュー君の部屋で起こったことは、きっと疲れのせいだろう。わたしはそう考えることにした。シュー君のモヤモヤは、少し休んでから何とかしようと思う。ほとんどのモヤモヤは消し去ったはずだから、たぶん大丈夫だろう。

ところが、KIDOYA SUPERに出かけようと外に出た時、妙な胸騒ぎにおそわれた。空を見上げると、黒いモヤモヤが巨大な柱となって空に向かって噴き上がっていた。

たしか以前にも、地盤沈下の現場で同じようなものを見た。しかし今回は規模がちがう。巨大な黒い柱は、天を突き抜けるように、何十本もそびえ立っていた。黒魔術は効かなかったのだろうか。

KIDOYA SUPERに行くと、パートのおばさんたちが騒いでいた。

「森で大きな地盤沈下があったらしいわよ。それも20カ所以上だって。ものすごく大きな穴があちこちにあいて、森はめちゃくちゃだって。まるでタタリのバーゲンセールね。これじゃミラクル・タウンどころじゃないわ。」

すると別のおばさんが興奮気味にこう言った。

「穴があいただけじゃないらしいわよ。森の大きな石も割れたらしいわよ。」

わたしは耳を疑った。森がめちゃくちゃ？　ドルメンが割れた？

警察の発表によると、今朝早く現場に駆けつけたときには、すでに地盤沈下が起こった後だったという。穴の直径は小さいものでも5メートル、大きなものでは20メートルもあるという。穴というよりもクレーターだ。調査している最中に、ドルメン跡の石が割れているのを発見したという。

森では貴重な植物が枯れ、たくさんの動物が死んでいたそうだ。

3月16日

海岸にて

わたしは朝から部屋を浄化することにした。ところがどうやって部屋を浄化したらいいのか、その方法がどうしても思い出せなかった。何だか記憶が飛んだような状態になっているのだ。頭の中には何となくその方法が浮かんでいるのだが、行動に移そうとすると、なぜか消えてしまう。

わたしはあわててタリズマンを引っ張り出してきた。ところが、どのタリズマンが何に効くのかわからなくなっていた。頭の中では赤い火花がバチバチと散っていた。

わたしは気分転換をするために、外に出かけた。黒魔術で粉々になった石を持って、海岸まで歩いて行った。そして粉々の石を海に投げ捨てた。すると石は、高い波にのって、勢いよく海岸に戻された。

ふと森の方を見ると、黒いモヤモヤがモクモクと空に向かって噴き上がっていた。昨日よりも勢いを増しているようにも思えた。

森を守るために黒魔術まで使ったのに、森は地盤沈下のせいで、めちゃくちゃになった。きっとあの黒いモヤモヤが元凶なのだ。

近いうちに森へ
行ってみよう。

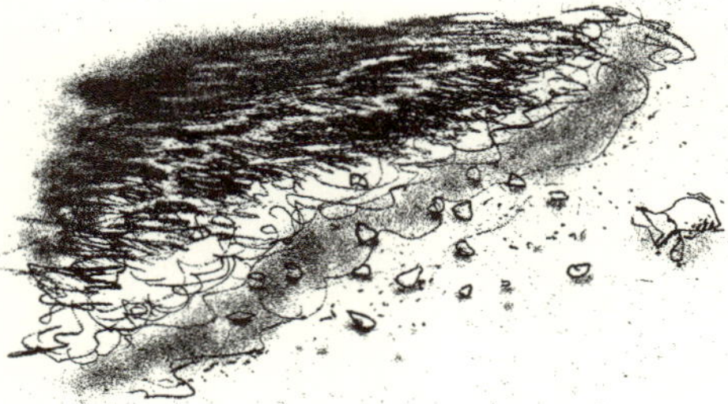

3月17日

とんでもない話

KIDOYA SUPERに行くと、パートのおばさんたちが森の事件で盛り上がっていた。

「神様の石が割れるなんて、不吉よね。」

「森の開発がまずかったんじゃないの？」

「タタリだわ。」

アルバイトの若い男の子が、つぶやいた。

「そういえば、この町がおかしくなったのはミラクル・キャベツが生えてからだと思いませんか。」

すると、休憩室がどっと盛り上がった。

「そのとおりだわ。あのキャベツが元凶よ。」

「キャベツは絶滅するべくして絶滅したわけで、それが復活すること自体、すでに不吉なことを予感していたんじゃないですかね。」

若い男の子がそう言うと、おばさんたちが一斉にうなずいた。

ミラクル・キャベツまでもが、今や疫病神（やくびょうがみ）のように扱われようとしていた。

3月18日
森に入る

朝の５時。わたしは１人で森に入った。

わたしは、流木の杖を持って「森歩きの修行」のルートでドルメンに向かった。すると、雑木林のあちこちが激しく陥没していた。なんともむごたらしい光景だった。クレーターのような巨大な穴からは、あいかわらず大量の黒いモヤモヤが噴き出していた。森はモヤモヤでおおわれていた。森は太陽の光を拒否しているかのようだった。

警察があちこちに張りめぐらせたミツバチもようのテープをいくつも避けて、ようやくドルメンにたどり着いた。

信じられないことに、ドルメンは、パックリと縦２つに割れていた。

しかし、ドルメンのパワーは衰えていなかった。ドルメンのまわりには、黒いモヤモヤはまったく見当たらなかった。ここだけに、朝陽が降り注いでいた。

わたしは、ドルメンに向けて杖をかかげた。

「？」

わたしは、何か異変を感じて杖を引っ込めた。早朝、ドルメンに立って杖をかざせば、何かしらのエネルギーを感じるはずだった。ところが何も感じなかった。精霊も見えなかった。わたしはポケットの中から河原の石を取り出してみた。ところがその石からも何も感じることができなかった。まるで、魔術師としての力を失ったかのようだ。

しばらく呆然としていると、誰かがポンとわたしの肩をたたいた。振り向くと、いつもの人影が立っていた。人影の背格好は、いつの間にか、わたしそっくりになっていた。

「何も心配することはないさ。これは成長の証しなんだ。あの赤い魔物は実に見事だった。ブルドーザーをひっくりかえすどころか、森全体を破壊する巨大な力を持っていたんだからね。前にオオカミを召喚した時も、地盤沈下を引きおこしたぐらいだから、べつに驚きはしなかったけど。しかし君の潜在能力には驚かされるよ。」

人影はそう言って、うす気味悪く笑った。

わたしは思わず耳をふさぎたくなった。わたしは、白魔術の力をなくしてしまったのだろうか。ここ数日ずっと不安に思っていたのだが、そんなはずはないと、何度もその考えを否定した。しかし今、その答えが見つかった。

「わたしは黒魔術に支配されてしまった。」

すると、人影は、今度は大きな声で笑いだした。

「そんな人聞きの悪いことを言うなよ。君はついに黒い力を手に入れることができたんだ。ドルメンが割れるぐらいは序の口だ。本当の魔術の力は、途方もなく強い。本物の魔術の叡智を手に入れに行こう。最後の扉を開けるのは、世界中で君だけだ。」

黒魔術、地盤沈下、黒いモヤモヤ……すべてがひとつの線でつながった。すべて、わたしがやったことだ。

3月19日

黒い糸

今朝、起きたら、黒い糸のようなモヤモヤが、天井にぶら下がっていた。流木ののれんには、黒い糸がぐるぐるまとわりついていた。ハーブのオイルも、河原の石も、タリズマンの羊皮紙も、今では何の役にも立たなかった。

わたしは、これをみんなゴミ袋に入れて、家の外に放り出した。

家にいるのが耐えられなくなって、町に出かけた。

町は、静まりかえっていた。ミラクル・キャベツを求めてやって来る観光客は、今はもういない。ポスターは、みんなはがされていた。今やミラクル・キャベツは、厄介の種に成り下がりつつあった。

遠くを見ると、あいかわらず黒いモヤモヤの柱が何本も見えた。

精霊の姿が見えないものかと目をこらしてみたが、何も見えなかった。

海岸にも行ってみたが、結果は同じだった。砂浜には、黒い海草や貝殻のかけらが空しく転がっていた。海水や砂に触れても、何も感じなかった。

しかし、黒い人影だけは、いつもわたしのまわりをうろついている。

「何を落ち込んでいるんだよ。黒魔術で召喚した、赤黒い獣の姿を思い出してみなよ。力にあふれた精霊と繋(つな)がった実感があったはずだよ。あんな素晴らしい体験ができる魔術師なんて、そう大勢はいないのに。」

たしかに人影の言うとおりだった。その手応えたるや、緑のニラブーを初めて見たときの感動をも、はるかに超えていた。
「たとえ破壊の力であっても、精霊の力であることに変わりはないんだよ。君は、頂点に立てる数少ない魔術師なんだ。」
人影はなぐさめるように、わたしにささやいた。
わたしは二度と黒魔術を使うつもりはなかった。黒い魔法の叡智も必要ない。なのに、どうして白魔術の力を失ってしまったのかわからない。心の奥底で、黒魔術の魅力に取り憑かれているのだろうか。

3月20日

意気消沈

昨日はほとんど何も食べていない。外に出て食事をしようにも、お財布が寂しい。今月はけっこうバイトを休んだからだ。しかたがないので、実家に帰ることにした。

「それにしてもスプー、顔色が悪いわね。はやくキャベツがたくさん育つようになってほしいものね。」

おかあさんは、不機嫌な顔をしてそう言った。ミラクル・タウン計画が頓挫したせいで、おかあさんは意気消沈していた。

人影は、おかあさんの落胆ぶりを見てゲラゲラ笑った。

わたしは影を振り払おうとしたが、無駄だった。

3月21日
町を出る

バッグの中に、昨日、実家から持ってきたパンやソーセージを詰め込んだ。いざというときのために取っておいたわずかなお金も、全部ポケットに入れた。うす暗い時間になると、わたしは人に見られないように外に出た。

わたしは、町はずれのミラクル・キャベツの畑まで歩いて行った。キャベツは何事もなかったように、厳重な金網の中で鎮座していた。「不吉なキャベツ」と言われても、不思議な植物であることに変わりはない。研究はそのままつづけられているようだった。

しばらくボンヤリしていると、あたりは暗くなってきた。畑の上空には、きれいな月が浮かんでいた。月を見ていると、巾着袋を埋めた晩を思い出した。

「おばあちゃん、ごめんね。」

わたしは、心の中でそう言った。

わたしは、キャベツにお別れをすると、バス通りに向かって歩いた。もう、1日たりとも、この町にはいたくなかった。この町にいると、黒いモヤモヤや黒い糸に埋もれてしまいそうな気がした。

どこへ行くのかは、決めていなかった。なんとなく隣り町の方にトボトボと歩いた。どこを歩いても、空に浮かんだ月が見えた。

わたしは、最後まで捨てられなかった流木の杖を、バッグから取り出した。杖には、まだ黒い糸が巻きついていた。

わたしは月夜の晩をあてもなく歩いた。

Recipes for Christmas dinner

付録：12月24日（33ページ）クリスマスディナーのレシピ

チキンのガーリックソテー・ハチミツレモンソース

●材料（2〜3人分）

チキンのもも肉　適量（500g 〜 700g ぐらい）／ガーリック1片／岩塩適量／バジルなどお好きなハーブ／胡椒少々薄力粉適量／オリーブオイル適量

ソースの材料：レモン½個／ハチミツ大さじ1／レモンと同量のオリーブオイル／塩・胡椒少々

●作り方

1）チキンのもも肉を一口大にカットする。岩塩、ハーブ、胡椒を肉にすり込む。ガーリックは薄切りにする。

2）チキンに薄力粉をまぶす。

3）熱したフライパンにオリーブオイルを多めにしき、中火でガーリックの薄切りを炒める。きつね色になってきたら器に取り出す。このガーリックはソースに使う。

4）3）のフライパンでチキンを焼く。最初強火にして色よく焼いたら中火にしてフタをする。表面が白くなったら裏返して、焼き色をつけてできあがり。

●ソースの作り方

1）先ほど炒めたガーリックを器に入れ、レモン汁、オリーブオイル、塩、胡椒、ハチミツを加えてスプーンでよく混ぜる。そのままテーブル出して、食べる直前にチキンにかける。

温野菜のつけあわせ

●材料（２〜３人分）

カボチャ¼個／にんじん中１本／ブロッコリー½〜１個／ゆで卵を好きなだけ

●作り方

1）ゆで卵を作る。その間に野菜を適度な角切りにする。ゆで卵は½個に切る。

2）野菜に火を通す。茹でるより蒸す方がうまみが逃げなくておいしくできる。蒸しザルや蒸し器があれば、蒸す方がおすすめ。にんじん、カボチャ、ブロッコリーの順（火が通りにくい順）に蒸し器に入れていくと、ほどよく蒸し上がる。

大皿にチキンと温野菜を盛ってできあがり。ソースは野菜にかけてもＯＫ。

押し麦入りオニオンスープ

●材料（２〜３人分）

鶏ガラスープ 800ml ぐらい／玉ねぎ１個／ローリエ１枚／押し麦ひとつかみ／塩・胡椒少々

●作り方

１）鶏ガラスープを 800ml 用意する。
２）玉ねぎをみじん切りにする。
３）煮立ったスープに玉ねぎとローリエを入れて、ひと煮立ちさせる。
４）サッと洗った押し麦を３）の鍋に加える。塩、胡椒を加え、弱火でことこと 20 分ぐらい煮る。
５）押し麦に火が通り、玉ねぎが溶けて甘みが出たらできあがり。

コクのあるオニオンスープ。押し麦が入っているのでとろみがついておいしく仕上がります。

リンゴとサツマイモのパウンドケーキ

●材料（8×21cmのパウンド型1個分）

薄力粉100g／ベーキングパウダー小さじ2／塩少々／シナモン小さじ1／マーガリン70g／ブラウンシュガー60g／卵2個／リンゴ正味100g／レモン汁少々／サツマイモ正味100g／プルーン5個／ラム酒大さじ1／くるみ25g

●作り方

1）型にマーガリン（分量外）をうすく塗り、薄力粉をはたいて、余分な粉を落とす。

2）薄力粉、ベーキングパウダー、塩、シナモンをあわせて、ふるっておく。オーブンは180℃で余熱を開始。

3）サツマイモは1cm角に切って水にさらしたあと、よく水気を切っておく。リンゴは1cm角に切ってレモン汁をふりかける。プルーンはみじん切りにしてラム酒をふりかけておく。くるみもみじん切りにする。

4）室温に戻したマーガリンを泡立て器で泡立てる。白くなってきたら、ブラウンシュガーを加えてさらに泡立てる。

5）4）のボウルに溶いた卵を加えて、泡立て器でまぜる。

6）5）のボウルに3）のサツマイモ、リンゴ、プルーン、クルミを加えて混ぜる。

7）2）の薄力粉を2回に分けてさっくりと混ぜたら、型に流し込む。型を左右に振って平らにならして、オーブンで35分ほど焼く。

8）あら熱が取れたら、型から出してできあがり。

リンゴやサツマイモが身体にやさしいケーキ。砂糖が控えめでおいしい。熱いコーヒーといっしょにどうぞ。

なかひら まい

1970年生まれ。セツ・モードセミナー卒業後、雑誌、書籍、インターネット、CDジャケットなど多くの媒体でイラストレーターとして活躍。
現在、STUDIO M.O.G. 取締役。

STUDIO M.O.G.

コンテンツ制作スタジオ。携帯コンテンツ『ドレミカフェ』、「Weekly ぴあ」連載中の『SKUNK and HUGO GO TO MOVIES !』、ビーチサッカーとのコラボレーション『PAULO! PAULO! 』、ロック・バンド THE BIG HIP のプロデュースなど、さまざまなカルチャーシーンにコンテンツを提供している。
URL http://www.studiomog.ne.jp

『スプーの日記』について

2005年4月1日より日記形式のストーリーに、毎回イラストを添えて、インターネットのブログ連載開始。魔術や神話の要素を盛り込んだ「日本発のスピリチュアル・ファンタジー」として熱烈な支持を得る。ブログ連載を加筆修正し、書き下ろしのクライマックスとイラストを加えた『スプーと死者の森のおばあちゃん』が第一作。

スプーの日記
2
暗闇のモンスター

2007年6月5日　初版第1刷発行

著　者　なかひら　まい

監　修　STUDIO M.O.G.

発行者　工　藤　秀　之

編集者　中　嶋　　廣

発行所　株式会社トランスビュー
東京都中央区日本橋浜町 2-10-1-2F
郵便番号 103-0007
電話 03-3664-7334
URL http://www.transview.co.jp
振替 00150-3-41127

印刷・製本　中央精版印刷株式会社

装幀　クラフト・エヴィング商會
［吉田篤弘・吉田浩美］

ISBN978-4-901510-52-3　C0093

隣り町へ
テレビ塔
バス停
クルミさんの家
スプーの家
暗闇坂
森
ドルメン跡